多多羅／著

貓爪怪探團

混沌時代篇 ⑥ 逃脫天羅地網

伊洛拉群島地圖

- 臨海城
- 雨林城
- 水晶城
- 溶洞城
- 草原城
- 雪山城
- 小山城
- 機械城
- 花開城
- 待解鎖
- 待解鎖
- 待解鎖
- 待解鎖
- 待解鎖

人物檔案

祕密小姐

名字：雪莉貓　**種族**：獰貓

伊洛拉群島知名的大小姐，高貴、優雅、闊綽，是在幕後提供一切資源和智慧的「祕密小姐」。憑藉詳細的作戰計畫和先進的科技發明，掌握著伊洛拉群島的一切資訊！！

月光幻影

名字：尼爾豹　**種族**：雪豹

一隻樂天派雪豹，是貓爪便利店的員工，也是伊-洛拉群島上剷破黑暗的「月光幻影」。他憑藉靈活的身手和巧妙的偽裝技術，在伊-洛拉群島的暗夜中大放異彩！

發明大師

名字：多古力　**種族**：浣熊

畢業於克里特特國際學院，經過一番磨礪成為享譽世界的發明大師。

名字：啾多　**種族**：啾啾族

每天都會來貓爪便利店報到的上班族。

你聽說過貓爪怪探團嗎？

傳說中，這是一個由各式各樣厲害的人物組成的團隊，他們神出鬼沒，僅僅透過一個操作簡單的網站接受委託。無論對手是窮凶惡極還是老奸巨猾，他們都能一一搞定……有人說他們是罪惡的剋星，也有人說他們是譁眾取寵的小丑。但不可否認的是，他們的存在，就像是投入水中的石子、扇起微風的蝴蝶，最終產生了巨浪與狂風，深刻的改變了伊-洛拉群島。

目錄

1 初探機械城 001
2 養生祕訣 011
3 小島島中島 026
4 潛入雨林城 038
5 珠寶誘惑 049
6 鑽石炸彈 066
7 幕後黑手 078
8 監獄激戰 092
9 重見黑耳奶奶 107

1
初探機械城

「從草原城開往機械城的列車即將到達終點，尊敬的雪莉貓小姐、尼爾豹先生，請做好下車準備。」

一輛銀色的小型列車正在軌道上疾馳，車廂裡，響起一個甜美的聲音。尼爾豹正趴在車廂的桌上睡覺，一聽見這個聲音，他忙不迭的站起身來，向前鞠了一躬，說道：「謝謝提醒，小姐，初次來到機械城，請您多關照。」

坐在尼爾豹對面的雪莉貓舉著一杯果汁，噗哧笑出聲來：「尼爾豹，你也太沒見過世面了吧，剛剛說話的，是列車裡的廣播機器人。」

廣播機器人？尼爾豹揉了揉惺忪的睡眼，看了看頭頂的喇叭，原來聲音是從那裡

貓爪怪探團 6 逃脫天羅地網

面傳出來的。

尼爾豹搔了搔頭，嘴硬道：「咳咳，我只是非常講禮貌而已。但是……這個廣播機器人怎麼會知道我叫尼爾豹呢？」

雪莉貓慢慢攪動著吸管，解釋說：「我們乘坐的，是發明大師多古力改造過的專線列車，只有受多古力大師邀請的客人才能乘坐這輛列車，直達多古力大師在機械城的基地，所以車上的廣播機器人自然知道我們是誰啦。」

尼爾豹吐吐舌頭，喃喃的說道：「怪不得車上的東西看起來都這麼高級。」

尼爾豹好奇的打量著車廂四周。這時，車窗外忽然一黑，列車呼嘯著駛入了一個隧道。沒過多久，列車從隧道裡駛了出來，等到尼爾豹重新適應了明亮的陽光，再往車窗外看時，他的眼睛不由得睜得又大又圓，嘴巴也驚訝得合不攏了。

列車此時不是在地面上，而是在空中行駛，雲朵就在車窗外飄浮。在空中延伸的軌道，像一條絲線，領著列車在空中飛馳。車窗外，遠遠的有什麼東西閃著金色的光澤，尼爾豹眨眨眼，發現是一棵直衝雲霄的大樹。不，這不是一棵真正的樹，而是一棵由

1 初探機械城

巨大的齒輪、粗壯扭結的管道和黃銅皮焊接成的機械樹。眼前的雲霧逐漸散開，尼爾豹看到了越來越多的這樣的機械樹，它們形狀各異，然而無一例外都在陽光下反射著黃銅色的光芒。

雪莉貓看著尼爾豹，笑著說：「尼爾豹，你的表情比我想像中還要誇張。不過，任何第一次來到機械城的人，都會被眼前的景象所震撼吧。」

尼爾豹點點頭。不同於他之前到過的伊洛拉群島上的任何一座城市，機械城是那樣獨特，宛如一片人工建造的機械森林，完完全全超出了尼爾豹的想像。

雪莉貓緩緩開口為尼爾豹講解道：「機械城建造於機械技術蓬勃發展的時代，那時候，伊洛拉群島湧現了許多機械發明家，他們為了更好的研究發明技術，聚集在了一個無人打擾的偏僻山谷裡。山谷的地面上，滿是堅硬的巨石，於是，這些發明家使用機械裝置，建造了直入雲端的機械樹，把生活設施和發明裝備全都搬進了機械樹中，從此在這裡定居。機械樹越造越多，機械城就此誕生。雖然現在科學技術已經取得了很大的發展，但伊洛拉群島最厲害的發明家們，依舊

住ㄓㄨˋ在ㄗㄞˋ這ㄓㄜˋ些ㄒㄧㄝ機ㄐㄧ械ㄒㄧㄝˋ樹ㄕㄨˋ裡ㄌㄧˇ。」

　　尼ㄋㄧˊ爾ㄦˇ豹ㄅㄠˋ一ㄧ邊ㄅㄧㄢ聽ㄊㄧㄥ，一ㄧ邊ㄅㄧㄢ點ㄉㄧㄢˇ著ㄓㄜ˙頭ㄊㄡˊ，眼ㄧㄢˇ前ㄑㄧㄢˊ的ㄉㄜ˙一ㄧ切ㄑㄧㄝˋ讓ㄖㄤˋ他ㄊㄚ大ㄉㄚˋ開ㄎㄞ眼ㄧㄢˇ界ㄐㄧㄝˋ。這ㄓㄜˋ時ㄕˊ，列ㄌㄧㄝˋ車ㄔㄜ正ㄓㄥˋ繞ㄖㄠˋ著ㄓㄜ˙一ㄧ棵ㄎㄜ機ㄐㄧ械ㄒㄧㄝˋ樹ㄕㄨˋ的ㄉㄜ˙軌ㄍㄨㄟˇ道ㄉㄠˋ螺ㄌㄨㄛˊ旋ㄒㄩㄢˊ上ㄕㄤˋ升ㄕㄥ。這ㄓㄜˋ棵ㄎㄜ機ㄐㄧ械ㄒㄧㄝˋ樹ㄕㄨˋ尤ㄧㄡˊ其ㄑㄧˊ高ㄍㄠ大ㄉㄚˋ，上ㄕㄤˋ面ㄇㄧㄢˋ烙ㄌㄠˋ印ㄧㄣˋ著ㄓㄜ˙一ㄧ個ㄍㄜˋ拿ㄋㄚˊ著ㄓㄜ˙扳ㄅㄢ手ㄕㄡˇ的ㄉㄜ˙浣ㄨㄢˇ熊ㄒㄩㄥˊ的ㄉㄜ˙圖ㄊㄨˊ案ㄢˋ。不ㄅㄨˋ一ㄧ會ㄏㄨㄟˇ兒ㄦ，列ㄌㄧㄝˋ車ㄔㄜ緩ㄏㄨㄢˇ緩ㄏㄨㄢˇ在ㄗㄞˋ緊ㄐㄧㄣˇ靠ㄎㄠˋ著ㄓㄜ˙機ㄐㄧ械ㄒㄧㄝˋ樹ㄕㄨˋ的ㄉㄜ˙

1 初探機械城

一個空中平台停下。廣播機器人甜美的聲音再次響起:「列車已到達多古力大師的發明基地。雪莉貓小姐,尼爾豹先生,機械城熱情歡迎你們的到來。」

尼爾豹和雪莉貓走出列車,穿過一條長長的、連接空中平台和機械樹的走廊,來到一個圓形的艙門前。裡面應該就是發明大師多古力的基地。

就在雪莉貓準備按下門鈴時,轟隆隆——艙門忽然發出一陣響動,整棵機械樹也跟著搖晃起來。砰的一聲,艙門被彈開了,從裡面呼的冒出一股濃濃的黑煙。一隻穿著白色研究服、頭上紮著一個沖天辮的浣熊跟跟蹌蹌的從裡面跑了出來,他被黑煙熏得直咳嗽,嘴裡還念叨著:「咳咳咳……藍鯨號改造實驗第八十八次

005

失敗，做好實驗紀錄……咳咳……熏得我眼淚都流出來了，滅火器！滅火器！」

這隻一邊咳嗽，一邊指揮的浣熊，就是赫赫有名的發明大師多古力。

多古力抹了抹自己臉上的灰，一轉頭，看到了站在一旁的雪莉貓和尼爾豹，他臉上的表情變得有些尷尬，但他立馬佯裝鎮定，不無遮掩的說：「沒什麼，小場面，小場面。真正的發明大師，就是要不斷的從失敗中學習嘛。」

1 初探機械城

多古力和雪莉貓握了握手，說：「雪莉貓小姐，好久不見！你們終於到機械城來了。這兒不是適合談話的地方，請你們跟我到會客室去吧。」

多古力在前面帶路，領著尼爾豹和雪莉貓跨進艙門，進入機械樹裡面。裡面又是一個全新的世界，身穿研究服的研究人員來來往往，各種實驗儀器轟轟作響，不知道在進行著什麼發明研究。

尼爾豹他們乘坐電梯，來到機械樹的頂端，這裡有一個寬敞明亮的會客室。

多古力洗去了臉上的灰，在沙發上坐下，看起來神清氣爽。他看了看尼爾豹，開口說道：「月光幻影，好久不見，我經常在新聞裡看到你。非常感謝你在行動中為我發明的裝備提供了寶貴的實驗紀錄。」

尼爾豹點點頭，禮貌的說：「多古力大師，其實有一句話我一直很想告訴你，你能不能——」

尼爾豹本來想說「你能不能把發明裝備完善之後再給我使用，不然行動時總是出現意外」。

多古力卻趕忙擺了擺手，打斷了尼爾豹：「我明白，我明白，你是想說，你非常崇拜

我，能不能讓我給你簽個名？嘿嘿嘿，當然可以～！我妹妹說得沒錯，我這樣的發明大師，總是有很多粉絲的。喏，給你！這是我親筆簽名的《從不失敗的發明大師》，送給你啦。」

「啊，我的意思是⋯⋯」

尼爾豹還想說什麼，但轉念一想：「這本書說不定能賣不少錢！我怎麼能拒絕呢！」

尼爾豹趕忙露出一個笑容，收下了這本

1 初探機械城

書。他和多古力心裡都感到非常高興,兩個人開始絮絮叨叨的聊起天來。

雪莉貓被晾在一邊,心裡想道:「天哪,我就不應該讓這兩個話癆見面。」

她趕緊清了清嗓子,打斷了尼爾豹和多古力的對話:「多古力大帥,這次我到機械城來,是有很重要的事情拜託你。」

多古力一拍腦門兒說:「光顧著聊大,竟然忘了正事!雪莉貓小姐,你一直資助我的研究,有什麼我能幫你的,我一定盡力。」

雪莉貓點了點頭,臉上的表情變得嚴肅起來:「你知道我一直在追查黑耳奶奶的下落。從水晶城回來的路上,土撥鼠情報隊告訴我,獼猴巫師騙走的那些紫水晶,全都送給了一隻臉上長著長毛、有一道刀疤的河豬。這隻河豬應該就是當時帶走黑耳奶奶的那隻河豬,我查到他就居住在神祕的雨林城裡,準備前去調查,但此次行動會非常危險,所以我想先找你升級一下裝備。」

「原來如此……」多古力喃喃的說道,但是一聽說要他升級裝備,他卻長嘆了一口氣,「唉……雪莉貓小姐,我可能幫不了你了。我最近因為一件事非常煩惱,無心研究,做什麼都成功不了。」

尼爾豹好奇的問：「你這麼厲害的發明大師，能有什麼煩惱？」

多古力又嘆了一口氣，緊緊皺起了眉頭：「唉，我可以發明任何想發明的東西，但是面對那樣一個小小的騙術，卻沒有一點辦法……」

讓發明大師多古力感到無比煩惱的究竟是什麼事呢？

2 養生祕訣

時間轉回到幾個月以前。

機械城來了一隻西裝革履的黑猩猩。這隻黑猩猩在機械城轉了一圈，租下了一個簡陋的房子，門口還掛起了一個招牌：科學健康養生中心。

誰也不知道這個科學健康養生中心是做什麼的，只看見黑猩猩老闆帶著他的幾名員工在機械城四處吆喝：「各位父老鄉親，你們好！特大好消息，特大好消息——科學健康養生中心給大家送禮品啦，每個人都可以免費領取兩箱香蕉！再說三遍，免費，免費，免費！」

機械城的居民們聽了都有些不相信，免費領取禮品，還有這樣的好事？有人抱著試

一試的態度來到這個科學健康養生中心,結果真的提著兩箱免費的香蕉出來了。於是有越來越多的人上門,大家都拿到了禮品,之後黑猩猩老闆送的禮品越來越多,還越來越貴重。

機械城有許多退休的老人,他們平時在家十分清閒,現在每天都相約到科學健康養生中心去喝茶、聊天,然後領取免費禮品,十分開心。黑猩猩老闆和員工們熱情的為老人們服務,還親切的把他們認作自己的乾爹乾媽。

幾天之後,科學健康養生中心辦起了健康講座,當然,這場講座也是免費的。一隻頭髮花白、自稱是退休醫學教授的斑馬站在講台上,聲音洪亮的說道:「各位朋友,你們看我臉色紅潤嗎?!」

「紅潤!」觀眾中間的一隻憨厚的河馬帶頭答道。

斑馬又問:「你們看我精神抖擻嗎?!」

河馬答:「抖擻!」

斑馬微微一笑說:「實不相瞞,其實我半年前還癱在輪椅上,根本沒辦法站起來呢。」

台下響起一片驚嘆聲:「哇!不可能吧!斑馬老師看起來這麼健康!」

2 養生祕訣

河馬問道:「斑馬老師,你是怎麼做到的,能不能把祕訣告訴我們啊?!」

「啊,這個嘛,本來我不想讓太多人知道的,但既然和大家都是真誠相待的朋友……」斑馬咬咬牙,然後像是終於下定決心似的,唰的一揮手,揭開了桌上蓋著的一塊絨布,說道,「我決定做出一個違背祖訓的決定,告訴大家我的養生祕訣,就是它——智慧科技按摩枕。每天睡覺時枕著它,裡面的生物磁場就會不斷按摩大腦神經,讓我一覺起來

精神百倍。睡一個月,身心舒暢;睡兩個月,健步如飛;睡上一年,年輕十歲!」

「哇,太厲害了!」河馬帶頭鼓起了掌,現場的氣氛變得十分熱烈。

黑猩猩老闆這時走到台上,滿臉笑容的說:「各位親朋好友,我千辛萬苦為大家弄來了一批這樣的智慧科技按摩枕,讓每個人都能永保青春。枕頭我只收成本價,八萬八千八百元,限量一百個,賣完即止,大家抓住機會啊!」

「我要,我要!」河馬趕忙衝上台搶購,不少老人也都紛紛行動,想要買下這個神奇的按摩枕。

台下,一隻頭髮斑白的浣熊著急的踱著步,一會兒走上台,一會兒又退了下來。科學健康養生中心裡,和這隻浣熊最熟的松鼠員工走上前,拉著浣熊的衣角說道:「乾爹,身體健康是最重要的,這個枕頭功能強大,您趕緊買啊!」

浣熊有些著急的說:「我也想買啊!但是八萬多塊,我一時拿不出這麼多錢來……」

松鼠員工壓低聲音說道:「乾爹,我幫你一把!噓,不要聲張——我們員工有內部價,只需要五萬塊,但每人只有一個名額。」

2 養生秘訣

本來我準備給我爸媽買的,但為了乾爹的健康,我把這個名額讓給您了!」

「啊?真的?」浣熊一聽,喜出望外。

松鼠員工快速的點著頭,著急忙慌的說:「乾爹,您趕快去取錢吧,晚了就沒有了!」

浣熊笑逐顏開,一邊往外走,一邊說:「好,好,馬上就去!松鼠啊,你不愧是我貼心的乾女兒,我太感激你啦!」

浣熊取出自己的存款,如願以償的買到了智慧科技按摩枕。在這之後,只要有健康講座,浣熊就會買回一些高價的養生產品,每次心裡還都樂滋滋的。

故事講到這裡,多古力窩在沙發上,無奈的撇了撇嘴:「你們應該已經猜到了,這隻浣熊就是我父親。他買的智慧科技按摩枕,其實就是放了一塊磁鐵的棉花枕頭,其他的養生產品也都是騙人的。然而,我父親卻對科學健康養生中心十分信任。每次我告訴他這是一個騙局,他都會十分生氣。如果我攔著他不讓他買東西,他就會斥責我,說我沒有孝心,還不如他的乾女兒孝順呢。唉⋯⋯我的妹妹多古花現在在克里特特國際學院學習,她也沒有任何辦法。」

尼爾豹聽完,捏緊了拳頭:「黑猩猩老闆太可惡了,居然專門騙老人的錢!」

多古力滿臉愁容的說:「唉,我們機械城裡,除了老人就是我這種一心鑽研發明的發明家,警力也不夠充足……我實在是沒有辦法啦。心煩哪,心煩哪,根本沒辦法繼續搞發明。」

多古力說完,眨了眨眼睛,望著尼爾豹和雪莉貓。

雪莉貓微微一笑:「多古力大師,你的意思是,希望我們貓爪怪探團能幫你解決這個煩惱?」

「咳咳。」多古力有點不好意思的乾咳了兩聲,「雪莉貓小姐果然聰明。」

其實就算多古力大師不說,尼爾豹和雪莉貓也打算教訓教訓這個專門欺騙老人的黑猩猩老闆。雪莉貓臉上露出一個神祕的笑容:「既然如此,多古力大師,你就靜下心來,好好幫我們升級裝備,黑猩猩老闆的事情,交給我們貓爪怪探團!」

「真的嗎?」多古力一下子從沙發上跳了起來。

尼爾豹活動著肌肉,已經有點摩拳擦掌了:「對,交給我們貓爪怪探團。一切都在我

的計畫之中！」

雪莉貓不滿的說：「喂，這好像是我的台詞吧！」

一個晴朗的早晨，科學健康養生中心裡已經聚集了不少老人，黑猩猩老闆帶著手下正熱情的給他們端茶倒水，閒話家常呢。這時，養生中心的門被推開，一頭身體佝僂、步履蹣跚的黑牛走了進來。

黑猩猩老闆一看是個陌生面孔，趕忙走過去，扶著黑牛坐下，滿臉堆笑的說道：「黑牛伯伯，我跟您真有點一見如故啊！我們兩個真是有緣分，都……都……這麼黑！嘿嘿嘿，相逢就是緣分，您請喝茶。」

黑牛喝著茶，用有些嘶啞的聲音說道：「啊，我聽人說啊，你這裡可以免費領取禮品啊？」

黑猩猩老闆一邊給黑牛揉肩捶背，一邊諂媚的說：「當然，當然！小到柴米油鹽，大到床單被褥，都是我們免費贈送的禮品。黑牛伯伯，您看您需要點什麼？」

黑牛望了一眼房間裡堆著的東西，問道：「我能夠拿走多少啊？」

黑猩猩老闆看著身子佝僂的黑牛，假裝

大方的說道：「黑牛伯伯，我們對老人一向非常慷慨，只要您能拿得動，多少都可以！」

「是嗎？」黑牛把手一揮說，「那我全要了啊。」

黑猩猩老闆眼皮猛的一跳，說：「黑牛伯伯，這麼多東西，我怕您拿不了，累壞了身體可就不好了呀。」

黑牛擺了擺手說：「放心放心，我開著一輛拉貨的小車來的，累不著我。黑猩猩老闆，還愣著幹什麼，把東西都搬上去吧！你不會捨不得吧？」

這麼多人看著，黑猩猩老闆也不好意思拒絕，一咬牙，搬了好多禮品到黑牛的小貨車上。貨車嗚啦嗚啦開走了，留下喘著粗氣的黑猩猩老闆和員工們。

第二天，黑牛又來了。他躺在搖搖椅上，一邊喝著果汁，一邊讓黑猩猩老闆給他捏肩、捶腿，走的時候又拉走了許多禮品。第三天，第四天⋯⋯黑牛每天都來，然而到了開健康講座賣保健品的時候，黑牛卻穩穩的坐在椅子上，完全不為所動，一毛錢也不肯花。

松鼠員工哭喪著臉說道：「老闆，快想想辦法啊，再這樣下去，我們倉庫都要被這頭黑牛搬空了！」

2 養生祕訣

　　黑猩猩老闆也早就對這頭黑牛恨得牙癢癢了，他轉轉眼珠，忽然靈機一動：「哈哈，有了，我有辦法了！」

　　第二天一早，黑牛又開著小貨車來到了養生中心。黑猩猩老闆迎出來，滿臉都是笑容：「黑牛伯伯，您又來啦？很抱歉的通知您，為了讓更多人拿到禮品，現在我們規定，每個人每天只能領取一份禮品。您看，通知已經貼出來了，這可不是我摳門，大家都很支持呢。」

　　黑牛點點頭：「你是說，每個人每天能領取一份禮品？」

　　黑猩猩老闆連連點頭：「對啊，就是這樣的。」此時他內心的想法是：「哼，這樣就沒法兒占我便宜了吧……」

　　誰知黑牛聽了，搔了搔下巴，像早就料到了似的，嘿嘿一笑說：「嘿嘿，正好，正好！」

　　他轉過身，對著小貨車喊道：「朋友們，都下來吧，我們到目的地了！」

　　小貨車的車門打開，滿滿當當一車乘客從裡面走了出來。黑牛不慌不忙，從懷裡掏出一面旗幟，舉到頭頂搖晃起來。等黑猩猩老闆看清了旗幟上寫著的兩個大字時，差點暈倒。旗上這兩個大字是什麼呢？——導遊！

只見旗幟一揮,黑牛用他有些嘶啞的聲音喊道:「後面的朋友,跟上啊!都來這兒領禮品啦,每人一份!」

　　這一大群不知道從哪兒冒出來的遊客擁進了養生中心。如果你經常到草原城的貓爪便利店買東西,你或許能夠認出其中一個圓滾滾、胖乎乎的身影,沒錯,他就是貓爪便利店的常客啾多。

啾多領取了一份禮品後，心滿意足的走了出來，嘴裡還喃喃自語道：「我真是走運啾，參加了這個機械城一日遊的活動，不僅沒花一分錢，還可以免費領取禮品，太划算了啾。哎，尼爾豹怎麼沒來啾？難道他會錯過這樣白吃白喝的機會啾？」

尼爾豹當然沒有錯過這樣的機會，其實這頭黑牛就是他假扮的。此刻他正一邊搖著導遊旗幟，一邊悠閒的喝著果汁呢。

這群遊客像一陣旋風一樣出現，捲走了所有的免費禮品，又像旋風一樣消失了。黑猩猩老闆一臉懊喪的坐在地上，心痛的捶著自己的胸口。

「黑猩猩老闆，你已經忙完了吧？」尼爾豹假扮的黑牛躺到一張搖搖椅上，說道，「哎喲，我這老胳膊老腿啊，你快過來給我按摩按摩啊。」

這句話無異於火上澆油，黑猩猩老闆再也忍不下去了。他一下子從地上跳起來，揪住黑牛的衣領喊道：「你給我滾出去！」

黑牛叫道：「哎喲，輕點，輕點！你怎麼一點也不尊重老人啊？」

黑猩猩老闆恨恨的說道：「我只尊重能讓我賺到錢的老人，像你這樣一毛不拔的，

別再讓我看到你！」

黑猩猩老闆一使勁，把黑牛推出了門。此時在養生中心喝茶、聊天的老人們都怔怔的看著黑猩猩老闆，他們沒想到一向笑臉相迎的黑猩猩老闆，竟然也有這麼凶狠的一面。

黑猩猩老闆拍拍手，回過頭來，臉上又堆起了笑容，對他們解釋道：「各位親愛的乾爹乾媽，我剛剛說的都是氣話，氣話。這頭黑牛專門來搗亂，所以我把他趕走了。這下好了，耳根清淨了，我們又可以好好伺候大家啦。」

黑猩猩老闆向底下的員工使了個眼色，員工們蜂擁而上，熱情的為老人們服務。養生中心的氣氛又恢復了正常，黑猩猩老闆這才鬆了一口氣，回到了自己的辦公室。

走進辦公室，黑猩猩老闆還沒坐下，一隻白貓走上前來說：「老闆，這是今天的財務統計，請過目。」

白貓祕書把帳本遞給了黑猩猩老闆。白貓祕書雖然剛上班沒幾天，但工作十分認真負責。黑猩猩老闆低頭看著帳本，滿意的點了點頭：「雖然虧損了不少，但只要多開兩場健康講座就能賺回來，嘿嘿嘿……」

白貓祕書眨了眨眼睛，壓低聲音悄悄對

黑猩猩老闆說道：「黑猩猩老闆，你不應該趕走那頭黑牛的，不然你能賺得更多呢。」

黑猩猩老闆揚起腦袋問：「嗯？你為什麼這麼說？」

白貓祕書微微一笑，說：「那頭黑牛住在我家附近，他其實……」

白貓祕書說話的聲音越來越小，只見黑猩猩老闆一邊聽，一邊點頭，睜得圓圓的眼睛裡閃爍著既難以置信又無比興奮的光芒。

聽完白貓祕書的話，黑猩猩老闆猛的從椅子上站起來，激動的說道：「還等什麼，我可不能錯過任何一個賺錢的機會！那黑牛應該還沒有走遠，我們馬上跟上他！」

黑猩猩老闆和白貓祕書立馬追出去，沿著黑牛離開的方向，來到了一個菜市場，找到了正在買菜的黑牛。黑猩猩老闆和白貓祕書踮起腳，不遠不近的跟在後面。

買完菜之後，黑牛穿過一個隧道，來到了一個無人的海岸邊。海岸上拴著一隻小船，黑牛解開繩索，慢悠悠的划著槳，朝不遠處的一個小島駛去。

黑猩猩老闆把手搭在額頭上，看著遠處那個若隱若現的小島，有些奇怪的說：「這個小島離海岸這麼近，我之前怎麼從來沒看

到過？」

　　白貓祕書拿出一張地圖，指著上面一個小黑點說道：「老闆你看，地圖上有呢，這個小島叫作多多島，你之前可能沒注意。」

　　黑猩猩老闆看了看地圖，點點頭，問道：「剛才在辦公室裡，你告訴我這個島屬於那個

一毛不拔的黑牛,確定嗎?」

白貓祕書肯定的回答:「我確定。多多島是黑牛的父親傳給他的,島上還有一棟大房子。黑牛沒有親人,多多島後繼無人,所以我才說,老闆不應該趕他走,如果老闆能想辦法繼承這個島,那可就⋯⋯」

黑猩猩老闆忙接口道:「那可就發大財了!」

黑猩猩老闆的眼裡閃著光,喜不自禁。他扭頭一看,看到礁石邊還停著一隻小船,就趕忙跑過去,跳到船上,對白貓祕書說道:「走,我們馬上去島上看看!」

3
小島弔中弔

黑猩猩老闆和白貓祕書揮著槳，划啊，划啊，不一會兒就划到了多多島上。他們躬著身子，躲進灌木叢裡，靜悄悄的看著房子裡面。

空空蕩蕩的大房子裡，果然只有黑牛一個人。黑牛點了一根蠟燭，手撐著腦袋靠在窗台上，大聲的長吁短嘆道：「唉……我只是一個沒人關心的老頭，守著這棟大房子，守著這個孤島，我太空虛、太寂寞了。如果有誰能夠關心我，照顧我，我就把這個島送給他。我只想趁著還有點力氣，出去環遊世界！唉……可是我既沒有錢，也沒有人來照顧我。慘啊，慘啊……」

黑猩猩老闆一邊偷聽，一邊在心裡打起了算盤：「這個蠢貨，守著這麼大一座島，

3 小島局中局

居然不知道怎麼賺錢!多多島離機械城這麼近,如果我能得到多多島,再把它改造成度假村,天哪,生意絕對興隆!賺得可比現在多多了!」

黑猩猩老闆就像看見錢正嘩啦嘩啦往自己口袋裡掉似的,心情無比激動。他一時按捺不住,嗖的站起身來,拔腿就衝進了房子裡。

黑猩猩老闆興沖沖的來到黑牛面前,撲通一下子跪在地上,仰著頭喊道:「父親!!!」

尼爾豹假扮的黑牛被嚇得全身一抖,問道:「你叫誰父親?」

黑猩猩老闆抹了抹眼角的眼淚,回答道:「父親,我在叫您啊!雖然您不是我真正的父親,卻勝似我真正的父親!」

黑猩猩老闆拉著黑牛的衣角,動情的說道:「第一次看見您,我就感覺我們兩個之間

特別有緣分,那種熟悉的感覺,那股神祕的力量,就是親情在我內心的呼喚啊!大愛無言,真愛無語,但心中的衝動卻從不說謊。父親,我們上輩子一定是父子,現在,就請您允許我叫您一聲乾爹吧!」

黑牛搔了搔頭說:「可是,你剛才還把我趕走了,說再也不想看到我哩……」

黑猩猩老闆捶著胸口,萬分懊惱的說:「那是孩子不懂事,乾爹,您就原諒我吧,我以後一定加倍對您好,無微不至的照顧您!」

黑牛想了想,點點頭說:「好吧,呃……兒子。」

「嗯,乾爹!」黑猩猩老闆十分激動,他站起身子,立即忙活起來,「乾爹,我來給您捶捶腿吧!乾爹,我來給您打掃屋子吧!乾爹,您餓不餓?我來給您做飯吃吧……」

多多島上,到處都是黑猩猩老闆忙碌的身影,尼爾豹悠閒的蹺著二郎腿,享受著黑猩猩老闆無微不至的照顧。

幾天之後,黑猩猩老闆感覺時機已經成熟,這一次他做足了準備,再次來到了多多島。

「乾爹,您有沒有什麼夢想?」黑猩猩老闆一邊給黑牛捏著肩膀,一邊問道。

3 小島局中局

黑牛瞇著眼睛回答：「有啊，我的夢想就是環遊世界。可惜啊，我窮啊，沒錢。」

「乾爹，這就是您的不對了。」黑猩猩老闆表情嚴肅的說，「只要您告訴我，我一定竭盡全力幫您實現夢想。這兩年我掙了一百萬，我打算把錢全都給乾爹，讓乾爹您去環遊世界！」

一聽說有一百萬，尼爾豹假扮的黑牛立馬兩眼放光：「真的？你不會是在哄我開心吧？」

「絕對不是！」黑猩猩老闆向旁邊的白貓祕書揮了揮手，「只要乾爹同意，我馬上讓白貓祕書把錢轉進乾爹的帳戶！只要……只要……」

黑牛好奇的問：「只要什麼？」

黑猩猩老闆搓了搓手，興奮的說：「只要乾爹簽下這份契約，把多多島贈送給我就行了。這樣乾爹出去旅遊的時候，我就能把多多島照料好，等候乾爹回來。您說對吧？」

「呃，這……」黑牛似乎有些猶豫，黑猩猩老闆則在旁邊繼續苦口婆心的勸說著，說得那叫一個天花亂墜。

最後，黑牛終於下定了決心：「好吧，反正啊，我要拿著你的錢去環遊世界，這個島

就送給你吧。」

黑猩猩老闆內心一陣狂喜,有了這座島,多少個一百萬都能賺回來!

於是黑牛大筆一揮,在黑猩猩老闆準備好的契約上簽下了自己的名字。黑猩猩老闆也履行承諾,將一百萬轉到了黑牛的帳戶上。

契約一簽完,黑猩猩老闆就從座位上蹦了起來。他看著這份契約,從上到下,從左到右,看了一遍又一遍,簡直抑制不住心中的狂喜。他把契約折好收進口袋,衝到多多島的海邊,激動的喊道:「多多島是我的了!」

傍晚,太陽漸漸西沉,在海上灑下一片光輝。多多島那所本來很冷清的大房子此時卻變成了熱鬧的派對現場,房子裡閃爍著彩色的燈光,傳出陣陣音樂聲。黑猩猩老闆戴著墨鏡,跟著音樂扭動著身子,招呼道:「員工們,都唱起來!跳起來!舞起來!」

養生中心的員工此時都來到了多多島上。之前假扮成退休醫學教授的斑馬一邊扭著屁股,一邊問道:「老闆,你真的把這座島弄到手了?之前的主人去哪兒了?」

黑猩猩老闆嘿嘿一笑:「白紙黑字,還能有假?至於那頭愚蠢的黑牛嘛,一簽完契約,就拿著一百萬去旅遊了,還以為自己大

3 小島局中局

賺特賺了呢!」

松鼠員工舉起酒杯說:「祝賀黑猩猩老闆!島上的度假村一建好,我們就要發財了!」

「乾杯,都跳起來!讓我們跳上個一天一夜!」黑猩猩老闆跳著舞,滿臉的春風得意。

這場熱鬧的派對一直持續到了深夜。突然,已經喝得醉醺醺的河馬推開門,慌慌張張的說道:「老闆,不⋯⋯不好了!」

黑猩猩老闆責怪的看著河馬說:「什麼不好了?不好什麼了?河馬,你喝醉了吧!」

河馬聲音有些顫抖的說:「我剛才在外面吹風,發現這座島居然在⋯⋯在動!」

「哈哈哈⋯⋯」

房子裡響起一陣笑聲,大家都覺得河馬喝醉了。這時,音樂停止了,人家也停下了跳舞的腳步,這才感覺到腳下在震動,島上像

是地震了似的。

　　黑猩猩老闆不安的跑出房子。他來到海邊一看，頓時瞪圓了眼睛。只見白色的浪花翻滾著，多多島真的像一艘輪船一樣在海上移動！黑猩猩老闆怔怔的抬起頭望去，遠處機械城的燈光離他們越來越遠，多多島正帶著他們駛向遙遠的大海深處。

　　養生中心的員工都聚集到了多多島的岸邊，大家你看看我，我看看你，眼裡滿是困惑。黑猩猩老闆著急的在岸邊踱著步，不解的說道：「這到底是怎麼回事？多多島為什麼自己在動?!」

　　嗖——天空閃過一個銀色的影子。大家抬起頭，看到一頂銀色的滑翔傘正在多多島上空盤旋。滑翔傘繞了兩圈，緩緩降落在屋頂上。一個身穿黑紅色風衣的帥氣身影閃現出來，海風將他的風衣下襬吹得獵獵作響。

　　月光幻影說：「維護正義也是一門藝術，各位，歡迎來到貓爪怪探團的表演時間。大家好，我是月光幻影。黑猩猩老闆，好久不見，想我了嗎？」

　　黑猩猩老闆抬起頭，向這個身影喊道：「什麼月光幻影，我根本不認識你！」

　　月光幻影微微一笑，換上黑牛的聲音

說道：「你不認識我了？我是你親愛的乾爹啊……」

黑猩猩老闆臉色一變，頓時明白了：「原來你是那頭黑牛！好啊，我服侍了你這麼久，還給了你一百萬，結果你就給了我一個這樣的多多島？現在多多島漂流到了大海深處，我的度假村，我的發財計畫，全泡湯了！我要跟你算帳！」

黑猩猩憤怒的朝月光幻影衝了過去。月光幻影站在屋頂上，盯著黑猩猩老闆，開口說：「你的一百萬，我已經交給警察局了。黑猩猩老闆，你和你的員工們以健康養生的名義，騙取了許多老人的積蓄，這是你們應得的懲罰。我為你們準備好了認罪書，現在請你們在上面簽字，然後到警察局去自首吧。」

「認罪？自首？」黑猩猩老闆咬牙切齒的說道，「你以為我們會乖乖聽你的話嗎？！」

松鼠員工、斑馬、河馬都捏緊了拳頭，圍在屋子周圍，想要抓住屋頂上的月光幻影。

月光幻影咂了咂嘴，笑了笑：「嘖嘖，好吧，既然如此，我就免費請你們去海裡洗個澡。」

只見他抬起爪子，打了一個清脆的響指。轟的一聲，多多島停止了移動，緊接著，

小島竟然開始往下沉了。洶湧的海水一下子湧到島上，淹到了黑猩猩老闆他們的腳邊。海水越升越高，松鼠員工慌忙喊道：「怎麼辦？！我不會游泳！」

黑猩猩老闆罵道：「該死，他幹了什麼？這島怎麼會往下沉？」

黑猩猩老闆和員工們慌了神，他們趕緊爬到一棵大樹上。隨著海水不停往上漲，大樹已然承受不住他們的重量了，搖搖欲墜。

黑猩猩老闆連忙大喊：「河馬，你太重了，快下去！你不是會游泳嗎？」

河馬死死的抱住歪歪扭扭的大樹，哭喊道：「老闆，我是河馬，不是海馬！在海上我也害怕啊！」

月光幻影再次打開滑翔傘，乘著海風滑翔。他的聲音在黑猩猩老闆他們頭上幽幽響起：「怎麼樣，要在認罪書上簽字然後去自首了嗎？留給你們的時間可不多了。」

多多島一直在下沉，海水越漲越高，黑猩猩老闆哭喪著臉，一下子喊了出來：「我要自首，自首！我再也不敢了！救救我們吧！」

黑猩猩老闆和他的員工們乖乖的簽下了認罪書，多多島終於停止了下沉。尼爾豹拿著認罪書，聯繫了機械城的警察。而黑猩猩老

3 小島局中局

鬧呢,正緊緊抱在樹上,眼巴巴等待著警察們前來營救呢。這一次的經歷,恐怕他這一輩子也忘不掉了。

黑猩猩老闆的騙局被徹底揭穿。重新浮出水面的多多島上,多古力感激的望著尼爾豹和雪莉貓說:「太好啦!我的父親終於不會再被這樣的騙術欺騙了!貓爪怪探團,果然名不虛傳。月光幻影,你做事真是乾脆俐落!」

尼爾豹點點頭,十分得意的說:「那是當然,不過也多虧了多古力大師你成功改造了這艘藍鯨號,它表面上看起來是一個小島,實際上卻能透過水底的動力裝置移動,還能潛到水下變成潛艇。多古力大師,你不愧……」

眼看兩個話癆又要說個沒完,雪莉貓趕緊打斷

了他們:「行了行了,你們就不要互相吹捧了。多古力大師,要是你多抽時間陪陪自己的父親,他就不會這麼容易相信騙子,你也不會有這個煩惱了。」

「嗯嗯,沒錯,我的妹妹也寫信批評我了,以後我一定會注意的。」多古力使勁點點頭,然後說道,「你們幫我解決了這個大煩惱,我也順利的幫你們升級了裝備。這次你們去雨林城的行動非常危險,我會駕駛著藍鯨號,在雨林城外隨時支援你們!」

雪莉貓說:「好,那我們就出發吧。」

尼爾豹附和道:「出發,去雨林城!」

第 13 集：保健品騙局

各位委託人，歡迎來到祕密小姐的電台時間。

保健品騙局是我們生活中經常能遇到的一種騙局。騙子們通常以贈送免費禮品的方式，吸引人們上門，然後熱情的拉攏關係，最後借著健康、養生的名義，推銷價格高昂但是根本沒有藥效的產品。這樣的騙局一般瞄準的都是判斷力較弱的老年人，騙子常常能夠得手。遇到這種騙局時，我們應當擦亮眼睛，相信科學，不要輕信毫無根據的保健產品，同時提醒身邊的人，不要上當受騙。

4
潛入雨林城

「看，前面就是雨林城啦。」

發明大師多古力站在藍鯨號的瞭望台上，指著前方說道。尼爾豹趕忙舉起望遠鏡。他看到前方的海岸邊有一大片深綠色的熱帶雨林。雨林裡樹木參天，枝繁葉茂，茂密的植物層層疊疊的交纏在一起，像一張密不透風的網，將城市牢牢的罩在裡面，只有幾縷白色的霧氣從樹林的縫隙中逃出來，飄蕩在雨林城的上空。

一旁的雪莉貓也眨著眼睛，看著雨林城。藍鯨號緩緩在雨林城的海岸邊停下，

4 潛入雨林城

多古力開口說:「為了不引起注意,你們就在這裡下船,進到雨林城去吧。我會在藍鯨號上等候,隨時支援你們。對了,這是升級後的裝備,使用時記得做好實驗紀錄喲!」

多古力將一個黑色的手提箱交給雪莉貓。雪莉貓接過箱子,鄭重的點了點頭。她知道這次行動必定危險重重,但只有冒險闖進雨林城,才有機會找到黑貝奶奶的下落。

藍鯨號放下一段舷梯,雪莉貓和尼爾豹走下藍鯨號,踏上了一條通往雨林城的小路。

沒過多久,尼爾豹和雪莉貓就停下了腳步。一條深不見底的溝壑橫亙在他們面前,溝壑上架著一座長長的吊橋,橋的另一

頭，就是雨林城的城門，幾個蜥蜴警衛守在城門前，檢查著來往行人的通行證。

尼爾豹吐了吐舌頭，低聲說：「似乎這是進入雨林城的唯一通道。這座城市真是守衛森嚴。」

雪莉貓點點頭說：「怪不得土撥鼠情報隊也搜集不到太多雨林城的情報。還好這次我們有備而來，月光幻影，換上偽裝吧。」

尼爾豹和雪莉貓走到一棵大樹後面。等到他們再出來的時候，尼爾豹已經化妝成了水晶城裡頭戴巫師帽的獼猴巫師，而雪莉貓則化妝成了狸貓弟子。他們一前一後，走過吊橋，用獼猴巫師的通行證通過了檢查，順利的進入了雨林城。

雨林城裡，到處都是遮天蔽日的大樹。尼爾豹和雪莉貓穿行在樹木間，不久就來到了一棟漂亮的木屋前。木屋上掛著一個金色的招牌——黑羊大酒店。

黑羊大酒店的黑羊老闆看到有客人，趕忙熱情的迎了上來：「歡迎，歡迎！兩位貴客，請問你們是吃飯還是住宿呢？」

尼爾豹摸了摸空空的肚子，搶先答道：「先吃飯，再住宿。」

他轉了轉眼珠，心想，反正行動時都

是雪莉貓買單,於是又補充道:「都要最貴的。」

「沒問題,沒問題!兩位貴客,樓上請!」聽了眼前這隻獼猴的闊氣話,黑羊老闆喜笑顏開,帶著他們來到了二樓的餐廳,然後吩咐服務員,送上熱氣騰騰的食物。

尼爾豹聞著香噴噴的食物,胃口大開,風捲殘雲般吃了起來。而雪莉貓則一邊小口的吃著東西,一邊問黑羊老闆:「黑羊老闆,我可以和你打聽一個人嗎?我們正在找他。」

黑羊老闆趕忙點頭:「您請說,我在雨林城二十年啦,沒有我不認識的人。」

雪莉貓問:「請問你認識雨林城裡一隻臉上長著長毛、有一道刀疤的河豬嗎?」

「啊,你說的是威利珠!」黑羊老闆想也沒想,一下子脫口而出,「認識,當然認識!雨林城有誰不認識威利珠嗎?他可是雨林城的城主,是掌握著整座雨林城的人!」

黑羊老闆滔滔不絕的講了起來,尼爾豹和雪莉貓一起專心的聽著黑羊老闆的講述。

「咳咳,你們聽好了,威利珠的珠,不是河豬的豬,而是金銀珠寶的珠!我這樣說,你們明白了吧?他最大的愛好就是收集珠

寶，據說，他藏了滿滿一個金庫的珠寶！你問為什麼他這麼有錢？那還用說，整座雨林城的經濟、貿易、治安……全都在威利珠的控制之下，不瞞你們說——」說到這裡，他壓低聲音，湊到雪莉貓假扮的狸貓弟子的耳邊小心的說，「我這個小店賺的錢大部分都被威利珠抽走了，整座雨林城都是這樣。但誰也不敢招惹威利珠，要不然，下場就慘嘍。對了，你們找威利珠城主幹麼？」

雪莉貓指了指扮成獼猴巫師的尼爾豹，回答說：「我師父獼猴巫師是來給威利珠城主獻紫水晶的。可是我師父記性不好，忘了他叫什麼名字了。」

「哦哦，這也能忘？果然記性不好。現在記住了吧，叫威利珠，金銀珠寶的珠，等等……」黑羊老闆眨了眨眼睛，又上下打量了一番面前的獼猴巫師和狸貓弟子，喃喃道，「獻上紫水晶的獼猴巫師，還有他的弟子……」

尼爾豹覺得有些奇怪，問：「黑羊老闆，你在小聲念叨什麼呢？」

黑羊老闆抬起頭，擺了擺手，滿臉堆笑道：「沒什麼，沒什麼。啊，我想起來了，我給你們榨好了雨林城特調果汁，馬上就給你

們端上來。你們從水晶城遠道而來，就先在這兒休息片刻吧。」

黑羊老闆說著，轉身下樓去了。尼爾豹摸了摸圓滾滾的肚子，心滿意足的說：「黑羊老闆的服務真是周到啊。」

但雪莉貓卻皺起了眉頭，她總覺得哪裡不對勁，到底是什麼不對勁呢……雪莉貓忽然叫出了聲：「尼爾豹，我們馬上離開這兒！」

尼爾豹有些吃驚：「啊？馬上離開？我還沒喝到雨林城特調果汁呢！」

雪莉貓快速的搖搖頭說：「剛才黑羊老闆說我們從水晶城遠道而來，但我們根本就沒有說過我們來自哪裡。黑羊老闆一定是知道獼猴巫師來自水晶城，說明他已經事先知道了和獼猴巫師有關的資訊。我們的偽裝很可能暴露了！」

尼爾豹也反應過來，從椅子上蹦了起來。這時，樓下傳來一陣混亂而匆忙的腳步聲，一個粗獷的聲音喊道：「哼哼，真的敢到我威利珠的地盤來，好大的膽子！把黑羊大酒店給我圍起來！別讓他們跑了！」

尼爾豹和雪莉貓急忙來到餐廳的窗戶前，探頭往外看，只見窗戶旁邊有一棵望不

見頂的大樹。

「看來只有從樹上逃走了。」尼爾豹說著,發射出飛繩,想要纏住樹頂的枝幹。然而飛繩嗖嗖飛行了一陣,已經達到了極限長度,卻還沒有夠到樹頂。

雪莉貓仰頭望了望說:「這是熱帶雨林的望天樹,有六十多公尺高,飛繩是夠不到頂的。」

她急忙打開多古力大師交給她的手提箱,在裡面翻找起來,希望能找到一些有用的道具。沒想到很快就有了結果,雪莉貓眼前一亮:「找到了,升級版的樹蛙吸盤手套!」

雪莉貓和尼爾豹立即戴上手套,靈巧的一躍,跳出窗戶,然後靠著手套上的吸盤攀附在樹幹上。

這時,餐廳的門被砰的一下撞開,那個粗莽的聲音喊道:「人呢?!」

尼爾豹和雪莉貓趕緊沿著高大的望天樹,一刻

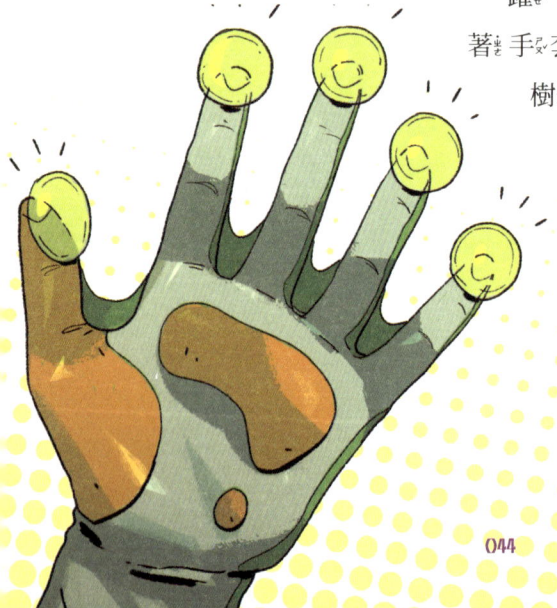

不停的向上攀爬。雪莉貓在心裡祈禱著：「多古力大師，這個時候手套可千萬不能失靈。我現在終於深刻體會到了尼爾豹使用你的裝備時那忐忑的心情……」

幸好，多古力大師發明的裝備這次沒有出差錯。尼爾豹和雪莉貓順利的爬到了樹頂，貓著腰藏在茂密的枝葉間。他們聽到底下的木屋裡傳來一陣說話聲。

只聽黑羊老闆尖聲說道：「威利珠城主，那個戴著巫師帽的獼猴巫師和狸貓弟子剛剛就在這裡。我一聽說他們是來給您送紫水晶的，就馬上通知了您。」

「幹得不錯，黑羊，明年的保護費給你減一半。哼哼。我透過我的情報網路，知道了水晶城獼猴巫師的騙術被那個什麼貓爪怪探團揭穿，猜到他們會順著紫水晶的下落，假扮成獼猴巫師找到雨林城來。結果真的被我猜中了！還好我早有準備，向雨林城所有居民都通知了這件事。藍蜥蜴、綠蜥蜴，你們在門口檢查通行證，怎麼把他們倆放進來了？！扣你們明年一年的工資！」

兩個蜥蜴警衛趕緊答道：「對……對……對不起，城主大人，我們下次一定注意！」

從餐廳的窗戶裡，伸出一個圓滾滾的、

戴著寶石項鍊的腦袋，朝上下左右打量了一番。躲在樹上的雪莉貓一眼就看出來，他就是兩年前帶走黑耳奶奶的那隻河豬，也就是雨林城的威利珠城主。

威利珠粗聲粗氣的說道：「看來他們透過這個窗戶逃跑了。通知全城的警衛，加強巡邏。我身邊的警衛，增加一倍！哼哼，我要讓他們知道，雨林城可不是他們想來就來，想走就走的地方！」

威利珠帶著他的手下，大搖大擺的從黑羊大酒店離開了。尼爾豹和雪莉貓一直躲在樹上，直到天邊升起一彎月牙，才趁著沒人注意的時候，從樹上溜了下來。

他們換上了貓爪行動服，躲避著巡邏的警衛，穿梭在雨林城幽暗的小巷裡。尼爾豹臉上的表情有些狼狽：「唉，不僅沒有喝到特調果汁，還被逼到了樹上。不得不承認，這個威利珠的確有點厲害。」

雪莉貓點了點頭說：「他能夠抓住黑耳奶奶，就說明他的實力非同一般，只是我沒想到他這麼早就做好了準備。」

「小心！」

忽然，一束光射進了巷子裡，尼爾豹和雪莉貓趕緊往牆後躲。

4 潛入雨林城

尼爾豹問:「祕密小姐,現在怎麼辦?全城都是巡邏的警衛,我們很難接近威利珠,更別說從他身上找到線索了。」

雪莉貓的眼睛在黑暗中眨了眨,皎潔的月光照在她臉上,她的表情十分堅定:「雖然對手實力強勁,但我也不再是那個冒冒失失的小雪莉,而是貓爪怪探團的祕密小姐。奶奶,這次我一定會救出你的。」

雪莉貓邊喃喃的說著，邊打開了手提箱裡的筆記型電腦，按動鍵盤，很快，螢幕上就出現了土撥鼠情報隊土圓隊長的臉。

「土撥鼠情報隊竭誠為您服務！尊敬的祕密小姐，有什麼可以幫您的嗎？」

雪莉貓低聲說道：「土圓隊長，我在雨林城的行動受阻，現在立即啟動B計畫。注意，對手也有情報網路，千萬不能洩密。」

土圓說道：「好的，祕密小姐您放心，土撥鼠情報隊守則第四條規定，土撥鼠的客戶，身分絕對保密！」

土圓隊長敬了個禮，消失在螢幕中。

尼爾豹看看螢幕，又看看雪莉貓，疑惑的問：「我們還有B計畫啊？我怎麼什麼都不知道。」

雪莉貓瞥了尼爾豹一眼：「這不奇怪，因為在藍鯨號上，你一直在睡大覺。」

尼爾豹有些不好意思的搔了搔下巴：「嘿嘿，祕密小姐，那我們的B計畫是什麼？」

雪莉貓臉上浮現出一個神祕的笑容：「B計畫很簡單，既然我們無法接近威利珠，那就讓威利珠主動找我們。月光幻影，換上衣服，準備華麗登場吧。」

5

珠寶誘惑

夜晚的雨林城一片寂靜，此時，整個城裡最高的豪華城堡裡，一盞水晶吊燈照得房間裡熠熠生輝。

威利珠哼唱著歌：「我愛洗澡皮膚好好，哦哦哦……我叫威利最愛珠寶，哦哦哦……」

雨林城的城主威利珠穿著睡衣，一邊哼著歌，一邊在寬敞的沙發上躺下。房間裡到處都有寶石的點綴，他穿的睡衣上也綴滿了晶瑩的鑽石亮片，把整個房間映得一派珠光寶氣。

威利珠端起一碗鋪著金箔的冰淇淋，大口大口的吃了起來，還打開了電視機。

電視裡正在播放晚間新聞。一條新聞很快引起了威利珠的注意。「觀眾朋友們，晚

安,我是晚間新聞的黃鸝鳥主播,現在來看今天的最後一條新聞:神祕的梅尼奇家族第十三代傳人梅尼奇先生近日來到了伊-洛拉群島。據悉,梅尼奇家族歷史悠久,財力雄厚,收藏了許多傳世珍寶。這次,梅尼奇先生帶來了其中一部分珍貴的珠寶,將在伊-洛

5 珠寶誘惑

拉群島舉行巡迴展覽……」

隨著黃鸝鳥主播的講解，電視畫面裡出現了一隻戴著禮帽、十分優雅的金錢豹，看來他就是梅尼奇先生了。而在梅尼奇先生的身後，就是此次他要展出的珠寶。威利珠的眼睛一下子瞪圓了：紅寶石王冠、祖母綠項鍊、一顆一顆的大鑽石……每一件珠寶都足以和威利珠金庫裡的收藏品媲美。

威利珠從沙發上砰的一下跳起來，大聲喊道：「狼管家，狼管家！」

一隻身穿燕尾服的黑狼急急忙忙的跑進來，欠著身子說道：「威利珠大人，請問有什麼吩咐？」

「哼哼，你看到電視裡的新聞了嗎？」威利珠指了指電視，說道，「這個梅尼奇家族的傳人，梅尼奇先生，居然收藏了那麼多珍貴的珠寶！這些珠寶不僅不是我的，而且我連見都沒有見過！我叫威利珠，金銀珠寶的珠，你說我還配得上這個名字嗎？」

狼管家連連搖頭：「不配，不配。」

威利珠怒目圓睜：「嗯?!」

「啊，錯了錯了，配！配！配！」見威利珠這麼生氣，狼管家趕忙賠著笑臉，說道，「威利珠大人，你放心，我一定想盡辦法，把這個梅尼奇先生和他的珠寶，一起請到雨林城來。」

威利珠重新坐到沙發上，滿意的點點頭：「嗯，我就是這個意思。哼哼，我給你三天時間，一定要辦到。」

「放心，保證完成任務！」狼管家一邊說，一邊倒退著走出房間。

狼管家不愧是威利珠的得力助手，只花了兩天時間，就成功的和梅尼奇先生取得了聯繫，邀請他來雨林城舉辦展覽。

這一天，雨林城的展覽館裝飾一新，擠滿了前來看展的人。威利珠和狼管家站在一旁，搓著手等待著梅尼奇先生的到來。

來了來了──猩紅的地毯在地上鋪開，梅尼奇先生邁著優雅的步伐，踩在紅地毯上，昂首挺胸的走進了展覽館。他的身後還跟著一位同樣優雅的短耳貓祕書。

展覽館中頓時出現了一陣騷動，大家爭先恐後的都想要一睹梅尼奇先生的風采。

清脆的響指，嘩啦嘩啦——抬進展覽館的箱子被一個接一個的打開，每個箱子裡都放著梅尼奇家族珍藏的珠寶，這些珠寶在燈光下熠熠生輝，映得展覽館的屋頂都變得五光十色了。

梅尼奇先生微微一笑，說道：「這些就是我要在雨林城展出的我們家族的藏品。」

雨林城的居民們望著這些珠寶，睜大了眼睛，嘴裡發出連連的讚嘆聲：

「太漂亮了，我從來沒見過這麼多、這麼漂亮的寶貝！」

「這麼多珠寶，得值多少錢啊？！」

聽著大家的讚嘆，梅尼奇先生臉上依舊保持著淡淡的笑容，似乎這些對他來說根本不值一提。他緩緩走到展覽館的主席台上，對著麥克風說道：「這場展覽將舉行三天，請大家慢慢欣賞。這些只不過是我們家族收藏品的百分之一。這次來到雨林城，我非常高興，我決定給雨林城的居民們送上一份大禮，人人有份，敬請期待！」

梅尼奇先生一說完，台下掌聲雷動，議論紛紛：

「人人都有份？梅尼奇先生太闊氣啦！」

「梅尼奇先生真帥氣啊！」

威利珠趕忙迎上去，滿臉笑容的說道：「哼哼，梅尼奇先生，歡迎歡迎，您的到來簡直讓雨林城蓬……蓬……蓬……」

狼管家立即補充道：「蓬蓽生輝！」

梅尼奇先生輕輕點了點頭，摘下頭上的禮帽，微微向威利珠行了個禮。

這時，狼管家端來一個托盤，托盤上放著兩杯水。威利珠端起水杯，捧給梅尼奇先生：「梅尼奇先生遠道而來，辛苦了，請喝水，喝水。」

梅尼奇先生接過水杯，卻眉頭一皺，嘩啦一下把水杯摔到地上。水杯摔得粉碎，所有人都驚訝的看著梅尼奇先生。在雨林城，還從沒有人敢這麼不給威利珠城主面子。威利珠站在原地，一下子愣住了。

「抱歉，抱歉。」梅尼奇先生身後的短耳貓祕書趕忙解釋，「梅尼奇先生有個習慣，只用純金打造的杯子喝水。」

威利珠舔舔嘴唇，心裡暗暗想道：「不愧是大家族的傳人，比我的排場還要大！」

威利珠趕忙一揮手，讓狼管家送上純金的杯子。梅尼奇先生這才滿意了，皺著的眉頭總算舒展開來。緊接著，他就展現了自己家族的強大實力。只見他一抬手，打了一個

梅尼奇先生向大家揮了揮手，退下了主席台。

很快，這些珍貴的珠寶都被放進了展覽館的展櫃當中，被擁擠的人群團團圍了起來。但是有時候，人群又會突然散開，原來是威利珠城主來到了某個展櫃前。他拿著放大鏡，臉貼在展櫃的玻璃上，眼睛眨也不眨的望著裡面的珠寶。

「沒有錯，沒有錯，是純度高達100%的紫水晶！哼哼，而且比我金庫裡收藏的最大的那顆還要大一倍！」威利珠的眼睛裡閃爍著貪婪的光芒，他拿著放大鏡，在各個展櫃前流連忘返。

一直站在展覽館角落的梅尼奇先生和短耳貓祕書此時相視一笑，沒錯，他們倆就是尼爾豹和雪莉貓假扮的。

尼爾豹壓低聲音說道：「祕密小姐，這些珠寶，不會都是真的吧？」

雪莉貓點點頭說：「當然，如假包換。許多都是我動用我們家族的關係借來的，捨不得珠寶，就套不到威利珠。」

尼爾豹擠了擠眼睛，不可思議的說：「都是真的！那豈不是把其中任何一樣賣出去，都能讓我還清所有的欠債，然後實現發財的

夢想？」

雪莉貓用帶著一絲威脅的語氣說：「別打它們的主意了，月光幻影，還是打起精神吧。要是珠寶丟了，一半的損失都要記到你頭上，你就得多打五百年的工了。」

尼爾豹說：「啊——不會丟的，我看威利珠口水都要流到地上了，他肯定已經上鉤了。」

雨林城的珠寶展覽繼續進行著，雨林城的居民們都擁進展覽館裡想要一飽眼福。而威利珠城主則對梅尼奇先生尊敬有加，每天都好吃好喝的伺候著梅尼奇先生，生怕他有半點不滿意。

展覽到了最後一天，梅尼奇先生面帶笑容，走到主席台上，清了清嗓子說道：「咳咳，大家好，這幾天我在雨林城過得非常愜意，都有點不想走了。為了感謝大家的支持，我決定在展覽的最後一天，特別展出我們家族的一件珍寶。」

梅尼奇先生揭開了面前一個展櫃上蓋著的絨布，這件梅尼奇家族的珍寶露出了它的真面目。

「哇——」

5 珠寶誘惑

「啊——」

絨布被揭開，展覽館裡響起一片驚嘆聲。展櫃裡擺著的，是一顆無比純淨的鑽石，閃爍著幽藍的光。

威利珠幾步就邁了過去，他盯著鑽石，

不由自主的叫出了聲：「啊，這……這顆和雞蛋一樣大的鑽石，難道就是那顆有史以來發掘出的最大的鑽石——賽洛之光？」

尼爾豹假扮的梅尼奇先生拍了拍手，笑著說道：「不錯，威利珠城主，識貨，識貨。」

賽洛之光的出現，立即引起了全場的轟動。而威利珠城主的目光更是沒有挪開過，他眼睛睜得圓圓的，眼珠子裡泛著紅光。

梅尼奇先生這時走到威利珠城主的身後，拍了拍他的肩膀，輕聲說道：「威利珠城主，你雖然識貨，但你說賽洛之光是有史以來最大的鑽石，可就有點沒見識了。」

威利珠轉過身來，臉上的表情有點迷惑，他使勁搖了搖頭：「不對不對，賽洛之光就是這個世界上最大的鑽石，我不會弄錯的，我天天做夢都夢到它，想不到今天真的見到它了！」

只見梅尼奇先生臉上浮現出一個神祕的笑容，他湊近威利珠，低聲說道：「是嗎？可是我手裡，就有一顆比它更大的鑽石。」

他輕輕打了一個響指，短耳貓祕書將一個黑色的手提箱拿了過來。

梅尼奇先生瞥了一眼威利珠，做了一個「噓」的手勢，把他帶到了一個偏僻的角落悄

5 珠寶誘惑

聲說:「威利珠城主,這是我們家族從未公開過的藏品,為了感謝你的熱情款待,我才展示給你看的。」

他輕輕打開了手提箱。威利珠不禁屏住了呼吸,隨著箱子打開,他看到裡面黑色的絨布上面,躺著一顆晶瑩璀璨的鑽石,那顆鑽石竟然足足……足足有一個保齡球那麼大!

威利珠腦袋裡猛的閃過一道閃電,他感到內心受到了十足的震撼,這樣巨大的鑽石,他不僅沒見過,甚至都不知道有它的存在!他可是威利珠,金銀珠寶的珠!他太配不上這個名字了!

梅尼奇先生看著威利珠呆愣住的表情,合上手提箱,繼續說道:「威利珠城主,其實我們家族還有好多私藏的寶貝,你想看嗎?」

威利珠連連點頭:「想看,想看!」

梅尼奇先生說:「這些寶貝全都放在一個小島上面,我可以帶你去參觀,你願意去嗎?」

「願意,願意!」

梅尼奇先生又說:「那是我們家族的私人小島,我只能帶你一個人去,你答應嗎?」

「答應，答應！梅尼奇先生，全靠你讓我開了眼界。哼哼，求你一定要讓我看看那些寶貝，哪怕只看一眼也好！」威利珠哀求著，而梅尼奇先生則點了點頭，嘴角浮現出一抹得意的笑容。

雨林城外一條樹木掩映的小路上，響起了一陣腳步聲。戴著禮帽、提著黑色手提箱的梅尼奇先生走在最前面，短耳貓祕書走在中間，而雨林城的威利珠城主只是和狼管家交代了幾句，就撇下了警衛，跟在梅尼奇先生和短耳貓祕書後面，急不可耐的要到小島上去看梅尼奇家族的珍寶。

尼爾豹和雪莉貓雖然沒有說話，但是他們心中都想著同一件事：只要把威利珠引到藍鯨號上，計畫就徹底成功了。多古力大師已經在藍鯨號上設下了天羅地網，只等著甕中捉鱉──不對，甕中捉豬。

遠遠的已經可以望見藍鯨號了，尼爾豹和雪莉貓不由得加快了腳步，而威利珠跟在後面，一邊抹著臉上的汗，一邊說道：「等……等等我，我好久沒……沒鍛鍊了……」

尼爾豹假扮的梅尼奇先生笑著說：「威利珠城主，加油啊，你最愛的珠寶，就在前

方……」

然而話音未落,他臉上的笑容就凝固了,兩邊的樹林裡忽然嗖嗖飛出了幾十條藤蔓,將他全身牢牢纏住,他扭頭一看,雪莉貓也同樣被藤蔓團團纏住,正在不停掙扎著。

「哈哈哈哈哈……」

威利珠狂妄的笑聲響了起來,在樹林裡久久迴蕩著。

尼爾豹被藤蔓死死纏住,脖子以下的部位根本無法動彈。他仰著脖子,大聲喊道:「威利珠城主,這是怎麼回事?這就是你的待客之道嗎?」

威利珠晃了晃耳朵,得意的說:「哼哼,把所有珠寶都攬在自己手心裡,就是我威利珠的待客之道!」

尼爾豹趕緊說:「你這是搶劫!梅尼奇家族會找你算帳的!」

「哦,是嗎?」威利珠城主歪嘴一笑,「嘿嘿,這荒郊野嶺,誰知道發生了什麼?反正,我什麼也不知道。」

這時,藍蜥蜴警衛和綠蜥蜴警衛從樹上跳了下來。原來,就是他們發射了藤蔓機關。他們臉上的表情和威利珠一樣得意,附

和著說道：

「我也什麼都不知道！」

「什麼都不知道！」

威利珠走上前，一把奪過尼爾豹的手提箱，貪婪的瞇起了眼睛：「這顆超級大鑽石，還有展覽館裡的其他珠寶，通通都歸我威利珠了。哼哼，至於你們兩個嘛，很不幸的告訴你們，你們站的地方是一片沼澤，很快，你們就會被沼澤吞沒，不會留下一丁點的痕跡，哈哈哈哈！」

「啊——」

「啊——」

尼爾豹和雪莉貓低頭一看，腳下果然是一片黑色的沼澤，正一點一點的吞噬他們，可他們被藤蔓纏住，根本無法脫困。

尼爾豹有些慌張：「威利珠城主，你別……別這樣，有話好好說。在小島上，我還有好多珍藏的寶貝呢，放了我們，我都送給你！」

像是料到他會這麼說似的，威利珠不屑的哼了一聲：「哼，什麼小島，我派狼管家悄悄潛上去看過了，上面根本沒有珠寶，只有一些不知道做什麼用的機械裝置！」

威利珠斜著眼睛，打量了他們一番：

「哼,其實我一直保持著警惕,我懷疑你們根本不是梅尼奇家族的傳人,而是那個什麼貓爪怪探團。哼哼,但我根本用不著調查,既然你們帶著珠寶上門,我自然鼓掌歡迎。我正想著怎麼才能把你們手裡的珠寶弄到手,是明搶呢,還是暗奪呢?結果正好,你們約我去雨林城外的小島,我將計就計,讓狼管家在路上設下了這個沼澤陷阱。哈哈哈哈,我威利珠的智慧,就和珠寶一樣閃爍著亮晶晶的光芒。再見啦,好好享受沼澤的滋味吧!」

威利珠拍了拍屁股,提著手提箱,和蜥蜴警衛們大搖大擺的走了。

樹林裡重新變得一片寂靜,黑色的沼澤正無聲的、一點一點的吞噬著尼爾豹和雪莉貓。

尼爾豹緊張的問:「祕密小姐,現在該怎麼辦?」

雪莉貓說:「沒有外力幫助,我們是不可能脫困的。喂,呼叫多古力大師,呼叫多古力大師,我們需要支援。」

然而貓爪通訊器裡,卻沒有傳來任何回應。雪莉貓低下了頭:「看來這裡有訊號屏蔽器。千算萬算,萬萬沒想到,威利珠會採取這

麼粗暴的方式,直接半路搶劫。」

「完蛋了,完蛋了,完蛋了⋯⋯」尼爾豹喃喃的說道,隨著身子一點一點沉入沼澤,他的聲音也越來越微弱,心裡越來越絕望⋯⋯

6 鑽石炸彈

一彎皎潔的月牙升上夜空,照耀著雨林城。雨林城裡,一座祕密的地下金庫亮起了燈光。

「我愛洗澡皮膚好好,哦哦哦……我叫威利最愛珠寶,哦哦哦……」

威利珠穿著睡衣,一個人走進了祕密金庫。金庫裡存放著威利珠多年以來收集的珠寶,還有一疊又一疊堆積如山的鈔票。威利珠此時心情十分舒暢,因為他的金庫在一天之內就增加了不少藏品。

「哈哈哈,都要感謝那個什麼梅尼奇先生,讓我來看看我的寶貝們吧。」威利珠得意的自言自語,還興奮的搓了搓手。

威利珠看著眼前的寶貝,每一件都讓他

6 鑽石炸彈

愛不釋手,而最讓他滿意的,無疑是手提箱裡那顆像保齡球一樣大的鑽石。

「從來沒聽說過有這麼大的鑽石,真是罕見啊。」威利珠舉起這顆大鑽石,放在燈下仔細觀賞,「咦,這是什麼?」

威利珠皺了皺眉,在強光的照射下,他看到鑽石裡面似乎有個貓爪的圖案,還有綠色的數字。威利珠有些奇怪,他揉揉眼睛,定睛一看,看到那數字正在不停跳動:10、9、8、7……

威利珠心裡忽然有了一絲不祥的預感，他一個顫抖，把這顆大鑽石扔到了牆角。

3、2、1、0……時間一到，鑽石忽然冒出一股橙色的火光，接著轟隆一聲巨響，鑽石一瞬間炸得粉碎！巨大的衝擊波把威利珠掀翻在地，整座雨林城都被巨大的響聲震醒。

「哼哼，怎麼回事，怎麼回事?!」暈乎乎的威利珠從地上爬起來，忙不迭的喊道。爆炸的巨大威力把他金庫的屋頂炸出了一個大大的窟窿，皎潔的月光從外面射了進來。在這月光之中，一個頭戴黑色禮帽、身穿黑紅色風衣的神祕身影緩緩從天而降。

月光幻影說：「維護正義也是一門藝術，各位，歡迎來到貓爪怪探團的表演時間。我是梅尼奇家族的第十三代傳人梅尼奇先生，當然，我真正的名字叫作月光幻影。威利珠城主，貓爪怪探團為你特製的鑽石炸彈，你喜歡嗎？」

月光幻影咧嘴一笑，打量了一下金庫四周：「原來這就是你藏寶貝的祕密金庫啊，嘖嘖嘖，終於找到了。」

「鑽石炸彈?!貓爪怪探團?!好哇，果然一切都是你們搞的鬼！」威利珠仰起頭來，咬牙切齒的說道，「等等，你們不是被困在沼澤地

6 鑽石炸彈

裡了嗎？沒有外力幫助，你們是絕對不可能脫困的！」

月光幻影彈了彈禮帽的帽檐，解釋道：「多虧了我的最新裝備——旋轉禮帽，只要我的耳朵動一動，禮帽就會升起螺旋槳，帶著我飛到空中。我就是靠它的力量逃脫的。威利珠，你以為困住了我們，其實，這不過是祕密小姐計畫的一部分而已，一切都在她的計畫之中。」

威利珠捏緊了拳頭：「貓爪怪探團，我跟你們無冤無仇，哼哼，你們為什麼要來雨林城找我的麻煩，你們的目的到底是什麼？！」

只見月光幻影不慌不忙的說：「我們的目的自然會告訴你的。但是現在，我有更重要的事情要做，嘿嘿。」

他嘿嘿一笑，環視了金庫一圈，搓了搓手說：「一看到這麼多寶貝，我的手就有些癢癢的。」

威利珠心裡一慌，知道了月光幻影要做什麼，趕緊喊道：「等等，你不能打我寶貝的主意！」

威利珠猛的向尼爾豹撲了過去。然而威利珠已經被剛才的衝擊波震得暈頭轉向，尼爾豹一個轉身就輕巧的閃了過去。威利珠摔

069

倒在地，然後被尼爾豹用繩子捆了起來。

「啊，我的寶貝，我的寶貝！」被捆起來的威利珠動彈不得，扯著嗓子喊道。他眼睜睜的看著尼爾豹把他心愛的珠寶裝進了一個大箱子裡。

尼爾豹帶著珠寶，跳到炸出來的大窟窿外，扭頭一笑，說道：「威利珠，別著急，這場表演現在才剛剛開始呢！」

威利珠鼻子一皺問：「剛剛開始？你是什麼意思？」

尼爾豹沒有回答，而是打了一個響指，嗖——一束煙花升上夜空，橙黃色的煙花炸開，照亮了整個雨林城。尼爾豹縱身一躍，消失在了煙花當中，威利珠的臉色有些慘白：「你們⋯⋯你們到底想幹麼?!」

一陣轟隆轟隆的聲音響起，威利珠抬起頭，驚訝的看到金庫的上方出現了一個巨大的鼓風機，鼓風機黑洞洞的出風口正對著金庫。它一啟動，就呼呼吹出一股強風，威利珠被風吹得毛髮亂飛，他心裡暗暗想道：「哼哼，要不是我夠重，就被風給吹飛了，果然多吃飯是正確的。」

然而，金庫裡除了有威利珠，還有威利珠多年攢下的鈔票。這些鈔票被這股強風一

6 鑽石炸彈

吹，嘩啦啦飛出了金庫，又像雪花一樣，從雨林城的上空紛紛揚揚落了下來。

「啊，我的鈔票！」威利珠氣得頭上冒煙，渾身的肌肉都繃緊了，在地上死命掙扎著。

「威利珠城主，你⋯⋯你沒事吧？」一直在睡夢中的狼管家聽到動靜，趕忙帶著警衛隊，慌慌張張的來到地下金庫。狼管家解開了威利珠身上的繩索，扶著他站起身子。

威利珠喘了一口氣，撥了撥臉上的長毛，心裡燃燒起一團熊熊的怒火。他威利珠可從來沒有這麼狼狽過！威利珠眉毛一豎，手一揮，命令道：「馬上封閉城門，不准任何人出入！出動所有警衛，逮捕穿著黑紅色風衣的月光幻影！」

「收到！」狼管家馬上下達了命令。

威利珠恨恨的說道：「哼哼，還沒結束呢，貓爪怪探團，我倒要看看你們怎麼躲過我的搜查！別忘了，雨林城是我威利珠的地盤！！！」

威利珠的警衛隊接到命令，全副武裝的出發了。藍蜥蜴警衛和綠蜥蜴警衛也在警衛隊之中，他們倆摩拳擦掌，信心十足的要抓到貓爪怪探團的月光幻影。

然而他們倆一跨出警衛隊的大門，就被

6 鑽石炸彈

眼前的一幕驚呆了力：雨林城的天空，飄散著紛飛的鈔票，而雨林城的大街小巷中，到處都是穿著黑紅色風衣的月光幻影！一個、兩個、三個……十個、百個、千個……數不盡的月光幻影正爭先恐後的撿著天上落下來的鈔票。

藍蜥蜴警衛和綠蜥蜴警衛使勁揉了揉眼睛。

藍蜥蜴喊道：「天哪，我出現了幻覺！」

綠蜥蜴也跟著喊道：「大哥，我也出現了幻覺！」

藍蜥蜴警衛回過神來，一把抓住離自己最近的一個月光幻影，揪著他的風衣問道：「你……你是不是月光幻影？」

這個月光幻影取下戴著的面罩，他竟然是雨林城黑羊大酒店的黑羊老闆。

黑羊老闆著急的說：「放開，放開，我不是什麼月光幻影！」

藍蜥蜴問：「那你為什麼穿著月光幻影的衣服？」

黑羊老闆生氣的看了藍蜥蜴警衛一眼，說道：「你不知道嗎？這是梅尼奇先生要求的啊！」

黑羊老闆看藍蜥蜴警衛一臉疑惑的樣子，從口袋裡掏出一張卡片遞給藍蜥蜴警衛：「看了這張卡片你就明白了。好了，給我讓開，別擋著我撿錢，你以為每天都能遇到天上掉鈔票的好事嗎？」

藍蜥蜴警衛接過卡片，只見上面寫道：「雨林城的居民們，我是梅尼奇，我答應過給

大家每人送上一份禮物,現在我來兌現承諾了。隨卡片送上一個包裹,請大家在看到天空中出現橙黃色煙花時,就穿上包裹裡的衣服走到街上,我送的禮物就會從天而降。祝大家好運。」

綠蜥蜴警衛望著滿城撿鈔票、身披黑紅色風衣的人,問道:「大哥,現在怎麼辦啊?這麼多月光幻影,抓還是不抓?」

藍蜥蜴警衛收起卡片,咬牙說道:「還抓什麼月光幻影,趕緊撿錢!你以為每天都能遇到天上掉鈔票的好事嗎?」

空空蕩蕩的金庫裡,威利珠正焦急的踱著步,等待著消息。狼管家衝進來說:「威利珠城主,抓到了,抓到了!」

威利珠城主兩眼放光,笑道:「哈哈哈,真的?」

狼管家一本正經的說道:「目前已經抓到了4367個月光幻影⋯⋯」

威利珠一聽這話,差點當場暈過去。他知道,他又被貓爪怪探團給耍了。這時,從金庫的窟窿上空飄進來一張畫著貓爪標誌的白色卡片,威利珠趕忙抓起卡片,念道:「威利豬城主,我代表雨林城的所有居民,感謝你的慷慨大方。想要拿回你的珠寶嗎?我們

來做個交易吧,請等待我們聯繫你。貓爪怪探團留。」

威利珠一拳打到牆壁上:「哼哼,貓爪怪探團,我跟你們沒完!還有,你們有沒有文化啊!威利珠的珠是金銀珠寶的珠,不是河豬的豬!」

第 14 集：金錢觀

　　各位委託人，歡迎來到祕密小姐的電台時間。

　　金錢在我們的生活中扮演著重要的角色，沒有金錢，我們往往會感到寸步難行。但正如俗話所說，君子愛財，取之有道。我們一定要養成正確的金錢觀。我們應該明白，金錢不是萬能的，它只是保障我們生活、幫助我們實現人生價值的工具。我們應該透過合乎道德和法律的途徑掙得金錢。如果我們像威利珠這樣貪得無厭，把獲取金錢當作人生最大的目標，不擇手段，無疑是本末倒置，最終會在金錢中迷失自我。

7 幕後黑手

在一個靜謐的夜晚,皎潔的月光灑向大地。雨林城裡,一棵大樹的樹梢上,一隻穿著黑紅色風衣、戴著面罩的松鼠,向天空舉起了雙手,祈禱道:「來吧來吧,像上次那樣,從天上掉鈔票吧!」

然而天上沒有掉下鈔票,只飛來一塊紅磚,一隻啄木鳥從窗戶裡探出頭來吼道:「松鼠小弟,大半夜的吵死了!你以為還能穿著那身衣服,撿到漫天飛舞的鈔票嗎?!別做夢了!」

松鼠小弟堅定的點了點頭:「我相信這樣的奇蹟還會再次發生!」

啄木鳥白眼一翻說:「有毛病!」

話音未落,雨林城警衛隊的藍蜥蜴警

衛從一旁的樹叢中鑽了出來,一把揪住了松鼠小弟的尾巴,大聲說:「我宣布,你被逮捕了!」

咔嚓一聲,松鼠小弟被銬上了手銬。

松鼠小弟一臉茫然:「啊?為什麼要逮捕我?」

藍蜥蜴警衛吐了吐自己分叉的舌頭:「為什麼?你不知道嗎?你居然還敢穿月光幻影的衣服!根據威利珠城主的命令,任何和貓爪怪探團有關的人,都要帶回去審問,跟我走一趟吧!」

「冤枉啊,我只是在等天上掉錢而已!」松鼠小弟淒慘的聲音在雨林城迴蕩著。

原來,自從貓爪怪探團大鬧雨林城以來,威利珠就發誓,一定要抓住貓爪怪探團,拿回他的珠寶。他在雨林城展開了地毯式搜查,不放過任何一個可疑的人,弄得雨林城裡的居民戰戰兢兢,生怕被警衛隊盯上。

然而好多天過去了,威利珠還是一無所獲。這天傍晚,他正坐在自己的豪華城堡裡生悶氣,一陣急匆匆的腳步聲響起,狼管家推門而入,興沖沖說道:「來了來了,威利珠城主,貓爪怪探團來了!」

威利珠猛的站起身來，警覺的四處望了望：「來了？在哪兒?!」

狼管家揮揮爪子說：「人沒來，貓爪怪探團的卡片送到了！」

狼管家遞給威利珠一張有著貓爪圖案的卡片，上面寫著：「威利珠城主，好久不見，十分想念！這幾天我都在欣賞你的珠寶，看得我眼睛都花了。記得我說過要和你做一個交易嗎？明天上午十點，請你走出城門，沿著小路到城外的海岸邊來。一切自有安排。完成交易之後，你就能夠拿回你的珠寶。否則的話，這些珠寶我就永遠收下了。不見不散！」

威利珠捏緊卡片說：「哼，拿著我的珠寶，然後讓我不得不跟他們做交易。哼哼，貓爪怪探團，真是打得一手好算盤！」

一旁的狼管家問道：「威利珠城主，那現在……怎麼辦？」

威利珠揉著腦袋想了想說：「雖然不知道他們設下了什麼陷阱，但為了拿回我的寶貝，只能走一趟了！不過，可千萬不要小瞧了我威利珠！」

威利珠說著，把卡片撕成了碎片。

第二天上午，一輛豪華的黑色轎車駛出

7 幕後黑手

了雨林城。這一輛輛車沿著城外的小路一路飛馳，來到了海岸邊。威利珠下了車，看見海岸邊停著一輛單人水上摩托車，水上摩托車上還放著一張地圖。

威利珠明白，這些都是貓爪怪探團為他準備的。他心一橫，跨上水上摩托車，回過頭對開車的狼管家說道：「不知道貓爪怪探團賣的什麼關子，我先去探個究竟，然後見機行事。你記住，讓警衛隊時刻待命！」

狼管家敬了個禮說：「好的，威利珠城主，祝您一切順利！」

威利珠騎著水上摩托車，踏著白色的波浪，按照地圖的指引，不一會兒就來到了一座無名小島上。月光幻影站在一塊礁石上，海風吹拂著他風衣長長的下擺。他微微一笑說道：「好久不見啊，威利珠城主。」

威利珠城主哼了一聲：「哼，沒工夫跟你寒暄。我是來拿我的珠寶的，我的珠寶在哪兒?!」

「嘖嘖嘖，真是心急。請跟我走吧。」

月光幻影帶著威利珠來到島上的一座玻璃房子裡。房子裡有一張大大的桌子，他請威利珠在桌子前坐下，自己則坐在了威利珠的對面。

月光幻影敲了敲桌上的一個大箱子，臉上露出一個神祕莫測的笑容：「威利珠，我們現在就開始交易吧。這些就是我從你金庫裡帶出來的珠寶。」

　　月光幻影把面前的箱子打開，耀眼的光線立即從箱子裡射了出來。威利珠的眼睛一

下子瞪圓了，箱子裡裝的，正是他日思夜想、最心愛的寶貝！

威利珠下意識的朝前伸出了自己的手，然而月光幻影手一按，將箱子重重關上了。

他說道：「威利珠，想要拿回這些珠寶，就老老實實和我們做一個交易。」

「哼哼，交易？」威利珠重新在椅子上坐好，擺出一副氣勢洶洶的樣子，陰狠的撇了撇嘴，威脅著說道，「月光幻影，不要自以為是，實話告訴你吧，我馬上就能給警衛隊發送我所在的位置，警衛隊隨時都能包圍這座小島，到時候一把火或一顆炸彈，就能讓這座小島寸草不生，你也無處可逃。哼哼，我威利珠可不是好惹的，你現在還有什麼資格跟我談交易？」

「哦，是嗎？」月光幻影微微一笑，「你這些簡單粗暴的手段，我們早已領教過了，所以早就做好了準備。」

他抬起手，在空中打了個清脆的響指。藍鯨號下層的祕密基地裡，雪莉貓和多古力接收到訊號，推動操作桿，操縱起藍鯨號。

一陣轟隆隆的聲音傳來，威利珠只感到腳底傳來一陣震動，他驚訝的看到自己所在的小島正在快速沉入水下。洶湧的海水很快

淹沒了玻璃房子，還好玻璃房子密不透風，海水才沒有湧進來。沒過多久，這座小島就沉到了幽深的海底。

威利珠看著玻璃房子外的海水，有些慌張的想：「怎麼回事？剛才還是一座小島，現在居然變成了一艘潛艇！糟糕，我雖然是一隻河豚，但我已經忘了游泳動作了……」

他努力讓自己鎮定下來，開口問：「那你們究竟要和我做什麼交易？」

「很簡單。」月光幻影伸出一根手指，說道，「用這些珠寶，交換一個問題的答案。」

「一個問題的答案？」威利珠重複了一遍，「好吧，哼哼，說說看，你們費了這麼多功夫，究竟想知道什麼問題的答案？」

月光幻影清了清嗓子，緩緩說道：「你聽好了。兩年前在草原城舉行的和平聯合會議上究竟發生了什麼，為什麼四十七位城主共同簽署的《和平宣言》，會變成《抗議宣言》？和平聯合會議上被你帶走的黑耳老城主，到底關押在哪裡？！」

威利珠一聽，嘟囔道：「這明明就是兩個問題……」

月光幻影搔了搔頭說：「呃，我數學不好，天生的。咳咳，不過這不是重點，你還是

趕緊回答吧！」

「和平聯合會議⋯⋯黑耳⋯⋯」威利珠撥了撥臉上的長毛，沉思了一會兒，忽然笑了笑說道，「嘿嘿嘿，和平聯合會議上到底發生了什麼，我怎麼會知道呢？哼哼，當時我也是從電視上看到的，對發生的一切也感到非常驚訝呢。至於黑耳的下落，我就更不知道了。」

月光幻影眉頭一皺，把一疊照片甩到威利珠面前，說道：「威利珠，你撒謊！看看這些照片，當時出現在台上的警察，明明就是你假扮的！好吧，既然你如此不誠實，那麼就不要怪我不客氣了。」

月光幻影說完，用手指輕輕敲了敲桌子。嘩啦一聲——機械控制的桌面向兩邊展開，一陣灼熱的火光頓時從中間騰起，金黃的火焰照亮了威利珠震驚的臉：桌子底下竟然是一個滾燙的熔爐！

月光幻影打開裝珠寶的箱子，從裡面隨意掏出一個瑪瑙戒指，依依不捨的瞧了兩眼，然後拇指一彈，瑪瑙戒指在空中畫了一道弧線，然後就掉進了熔爐中。

「啊——我的寶貝——」威利珠慘叫一聲，向前伸出手，然而熔爐十分滾燙，威利珠只能

眼睜睜的看著珍貴的戒指在高溫下熔化。

「可惡！可惡！可惡！」威利珠猛的站起來，生氣的捏緊了拳頭，盯著月光幻影。而月光幻影也瞪著威利珠，神情中沒有絲毫退讓，空氣瞬間凝結了。

月光幻影說：「威利珠，這就是你說謊的結果。想要拿回你的珠寶，就誠實的回答問題。」

威利珠看著月光幻影手裡的珠寶，又看了看灼熱的熔爐，拳頭捏得緊緊的，卻又無

可奈何。

「好，好，我把一切全都告訴你。」威利珠坐回椅子上，緩緩說道，「哼哼，兩年前和平聯合會議上的一切，都是我一手策劃的。當我得知黑耳想讓伊-洛拉群島的城主們簽署《和平宣言》的時候，我就知道，一定不能讓她的計畫成功！哼哼，我威利珠就是在混亂中發財的，只有各個城市之間不斷爭鬥，城主們才會花大價錢讓我去幫忙，為他們搶奪地盤，消災解難。要是大家都和平相處了，我豈不是沒錢賺？沒錢賺，豈不是買不了珠寶了？哼哼。」威利珠頓了頓，繼續說，「所以，舉行和平聯合會議的時候，我就悄悄潛入了草原城，找到了各個城主。聽話的，我就答應給他們不少好處；不聽話的，我就用暴力威脅。終於，我讓所有城主都在《抗議宣言》上簽了字。最後，我再把《和平宣言》悄悄換成《抗議宣言》，把髒水潑到了黑耳身上，嘿嘿嘿……」威利珠說著，得意的笑了起來。

月光幻影越聽越氣憤，早已握緊了拳頭，然而，他耳朵中的貓爪通訊器裡卻率先傳來咚的一聲——是雪莉貓生氣的捶了捶桌子。

> 威利珠竟然為了一己私欲，破壞了整個伊洛拉群島的和平，還誣陷黑耳奶奶！威利珠，我絕對不會饒過你！

月光幻影壓住心中的怒火，繼續盯著威利珠，緩緩說道：「好，我暫且相信你說的是真的。那你告訴我們，黑耳究竟被你關在什麼地方？」

威利珠的臉色一變，變得十分警覺：「你⋯⋯你們到底為什麼要找到黑耳的下落？

你們和她是什麼關係?」

月光幻影聳了聳肩。

「只是完成貓爪怪探團接到的一個委託罷了,威利珠——」月光幻影突然提高了聲調,「你別忘了,現在是我提問,你回答。既然你不願意回答,那我就只好……」

月光幻影晃了晃手中的一條鑽石項鍊,威利珠趕忙揮舞著手,哀求著說道:「別,別燒我的寶貝!我全都告訴你!」

威利珠哭喪著臉說道:「我帶走黑耳以後,就把她帶回雨林城,關在一個我隨時都能監視的地方。就在我城堡西邊二十公尺處,有一座地下監獄,黑耳就被關在監獄的最深處。」

「原來如此……」月光幻影一邊聽,一邊點著頭。而雪莉貓則把威利珠說的話都仔仔細細的記錄了下來。

威利珠抬起頭貪婪的看著珠寶箱,問道:「現在我已經回答了問題,完成了交易,哼哼,我可以帶著我的寶貝們回去了吧?」

威利珠手一伸,想要拿回珠寶箱。月光幻影卻穩穩的按住箱子。

「威利珠,我怎麼知道你說的都是實話?這樣吧,」月光幻影從箱子裡拿出一半珠寶,推給威利珠,「珠寶先還你一半,然後請你打

開城門,讓我們進去調查你說的是不是真的。如果是真的,我們就將另一半珠寶如數奉還;如果不是嘛,另一半珠寶就歸我啦。嘿嘿。」

「可惡。」威利珠低聲叫道。但他看了看四周,在這幽深的海底,他知道自己沒有討價還價的餘地。他心裡暗暗想道:「好吧,哼哼,好豬不吃眼前虧……」

威利珠忙不迭的抱起了那一半珠寶,點頭答應了月光幻影的條件。轟隆隆──腳下又傳來一陣震動,小島浮上水面,重見陽光。

威利珠帶著失而復得的一半珠寶,趕忙騎著水上摩托車,頭也不回的離開了。沒過多久,他重新回到了雨林城的海岸邊。

狼管家迎了上來,還沒說上兩句話,威利珠就臉色鐵青的鑽進車裡,然後手一揮,發令道:「開車!」

狼管家忙不迭的發動汽車,朝雨林城飛馳而去。車上,威利珠把那座能潛入海底的小島,和月光幻影的交易,以及為什麼只拿回了一半珠寶,通通給狼管家講了一遍,聽得狼管家連連感嘆。

汽車一駛進雨林城,威利珠就下令:「關閉進出雨林城的通道,一隻蚊子也不准放進雨林城!」

7 幕後黑手

狼管家有些不解：「威利珠城主，你剛剛不是說，只有打開城門，讓貓爪怪探團進來調查，你才能拿回另一半珠寶嗎？」

「哼哼。」威利珠的臉掩藏在陰影中，圓溜溜的眼睛閃著微光，「黑耳根本沒有被關在地下監獄，那只是我臨時編出來的。我怎麼可能告訴他們黑耳關在哪兒？黑耳的價值，可比那一半珠寶大多了！關上城門！」

隨著威利珠一聲令下，雨林城外的吊橋升起，城門緊閉。一聲尖厲的哨音劃破天空，那是威利珠在指揮大雁巡邏隊，在空中布巨大的鐵絲網，整個雨林城都被罩了起來。現在雨林城如同一個密不透風的牢籠，沒有任何動物能夠出入。

雨林城的居民們看著街上來來往往的警衛隊，都嚇得關起門來，連門也不敢出。

威利珠還不放心，他叫來了狼管家，吩咐道：「馬上召集雨林城的穿山甲施工隊，再把城裡所有的水泥、鋼筋都收集起來！」

狼管家好奇的問：「威利珠城主，您這是要做什麼？」

威利珠看著狼管家，得意一笑：「做什麼？當然是抓住貓爪怪探團，拿回珠寶！我已經想了一個絕妙的主意，到時候你就知道了！」

8 監獄激戰

位於雨林城中央的雨林廣場上，堆起了小山一樣高的水泥和鋼筋，一支穿山甲施工隊正在緊張的施工。廣場上日夜不停的傳來施工的聲音。

幾天之後，施工隊的工作結束了，威利珠城主緊接著下達了命令，讓自己的警衛隊全部到雨林廣場集合。

威利珠站在廣場中央，撥了撥臉上的長毛，頗有氣勢的對所有人說：「大家看，這就是我威利珠打造的雨林城有史以來最壯觀、最雄偉的工程！」

順著威利珠指的方向，大家看到地面有一個黑咕隆咚的窟窿，通往深不見底的地下。這是做什麼用的？大家不禁面面相覷，臉上

寫滿了疑惑。

狼管家提著一個黑色的手提箱，正恭恭敬敬的站在威利珠身旁。他趕忙應和道：「真是雄偉的工程！建築史上的奇蹟！威利珠城主，你挖這個洞一定是為了……為了……對，為了貓爪怪探團來的時候能夠躲進去！」

威利珠啐了一口唾沫：「呸！誰要躲進去?!你們看好了，這是我為貓爪怪探團特別打造的地下監獄，哼哼，只要有了它，我就能拿回我心愛的寶貝了。」

「不愧是威利珠城主！」狼管家使勁鼓著掌，但他還是有些不解的問，「不過建了這座監獄，真的就能拿回珠寶嗎？」

威利珠看著狼管家，得意揚揚的說：「哼哼，要拿回我的另一半珠寶，現在只需要三步。」

狼管家諂媚的問：「哪三步？」

威利珠不慌不忙的說道：「第一步，布下天羅地網，捉住潛入雨林城的月光幻影。第二步，把他關進這座密不透風、絕不可能逃脫的地下監獄。第三步，以他為人質，換回我的珠寶！」

狼管家渾渾鼓掌：「妙啊，妙啊！威利珠城主，計畫一定能成功！」

「哼哼，當然能成功。」威利珠兩眼閃出狡猾的光芒，他看著狼管家，露出了一個不易察覺的笑容，「現在，馬上執行計畫的第一步——抓住潛入的月光幻影。」

話音未落，威利珠猛的伸出自己的手，在一瞬間就緊緊攥住了狼管家的手腕。

狼管家有些不知所措：「威利珠城主，你……你不是要抓月光幻影嗎？你把我抓得這麼緊幹麼？」

8 監獄激戰

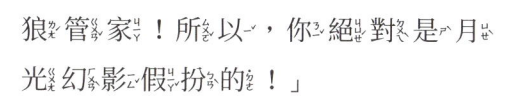

「哈哈哈哈！」威利珠得意的笑聲在廣場上迴蕩著，「不用再跟我演戲了，月光幻影！」

威利珠的眼睛死死的盯著狼管家：「我威利珠可不是笨蛋！離開那座小島之後，我就一直在想，如此聰明狡猾的貓爪怪探團，怎麼會輕易相信我的話，讓我順利回到雨林城，難道就不怕我撒了謊，然後緊閉城門嗎？哼哼，後來我明白了，你們根本不怕！因為你們從一開始就沒有相信我的話，而是早就做好了準備，要悄悄潛入雨林城，趁我放鬆警惕的時候，祕密調查黑耳的下落！而那時和我一起進入雨林城的，只有你一個人，狼管家！所以，你絕對是月光幻影假扮的！」

被抓住的狼管家一下子愣住了。這時，狼管家耳朵裡的貓爪通訊器中傳來了雪莉貓的聲音：「喂，喂，月光幻影，訊號中斷，我聽不見你的聲音了！」

威利珠猜得沒錯，狼管家果然是尼爾豹假扮的。身分暴露，通訊器的訊號又被

切斷,尼爾豹想著得趕緊溜之大吉。他眨眨眼睛,擠出一個笑容,說道:「威利珠,你的智商提高了不少嘛。這次算你聰明,我還有事,下次再聊!」

只見月光幻影身子一扭,卸下了偽裝,威利珠手裡只抓住了一個假狼皮手套。眼看月光幻影要溜走了,威利珠卻毫不慌張。他狂妄的笑起來:「哈哈哈哈,月光幻影,為了抓住你,我早已做好了萬全的準備。哼哼,這裡已經布下了天羅地網,你是逃不掉的!警衛隊,給我上!」

威利珠一聲令下,氣勢洶洶的警衛隊一擁而上,將月光幻影團團圍住。月光幻影吐了吐舌頭,趕緊發射飛繩,想要從空中逃出包圍。飛繩纏住了一棵大樹,月光幻影拉住飛繩,騰空而起,一隻手提著黑色手提箱,一隻手朝威利珠做了一個再見的手勢:「先走一步,拜拜啦——啊!」

只聽月光幻影慘叫一聲,砰的一下摔回到地上。原來,威利珠手下的大雁巡邏隊正在一旁待命,一看到月光幻影發射了飛繩,就飛到空中,把飛繩切斷成了兩截。

「痛痛痛痛——」月光幻影摀著屁股叫道。

「月光幻影,乖乖投降吧,你已經無路可

8 監獄激戰

逃了!」威利珠飛奔過來。

月光幻影左看看、右看看,到處都被包圍得嚴嚴實實。他一扭頭,看到了身後威利珠打造的那座地下監獄的入口。月光幻影一咬牙,做出決定:「情況緊急,管不了這麼多了,先躲進去再說!」

月光幻影爬起身,提著手提箱,頭也不回的衝進了地下監獄的入口。

威利珠趕到入口前,臉上露出一個笑容,他伸伸胳膊、踢踢腿,活動著身上的肌肉:「一二一,一二一……哈哈哈,月光幻影,本想把你抓進監獄,結果你自己跑了進去。哼哼,裡面的通道彎彎繞繞,只有我才知道路,這次看你往哪裡逃!警衛隊,跟我進去抓人,抓到月光幻影的人,獎勵一年工資!」

地下監獄不見人目,只有牆上的白熾燈發出微弱的光。威利珠緊隨著月光幻影追了進去,監獄的通道裡傳來一陣匆忙的腳步聲,緊接著又傳來激烈打鬥的聲音。後來只聽見啪啪啪幾聲,通道的燈被石子打碎了,裡面頓時變得一片漆黑。

藍蜥蜴警衛和綠蜥蜴警衛也跟著追了進來。綠蜥蜴警衛打著手電筒,眨眨眼睛,忽然低聲說道:「大哥,我……我發現了!」

藍蜥蜴問：「發現什麼了？」

綠蜥蜴興奮的說：「我發現了一年的工資！」

綠蜥蜴警衛舉起手電筒朝前照過去，照出了激戰正酣的威利珠和月光幻影。他們兩個身上都帶著傷痕，威利珠此時攔腰一抱，靠在牆邊的月光幻影躲閃不及，被揪住了尾巴。月光幻影正在奮力掙扎。威利珠看見兩個警衛，急忙喊道：「你們兩個蠢蛋愣著幹麼?!還不快過來幫忙！」

藍蜥蜴警衛和綠蜥蜴警衛這才反應過來，急忙衝過去，吐出舌頭，纏住月光幻影的手，然後掏出身上的繩索，一左一右，轉著圈把他的雙腳捆了起來。

威利珠接過繩子，把月光幻影從頭到腳捆了個嚴嚴實實，只露了兩個呼吸的鼻孔。威利珠拍拍手，大笑起來：「哈哈哈哈，月光幻影，終於被我親手抓住了吧！哼哼，把他給我關進牢房，嚴加看守，等我來親自審問！」

「是！」藍蜥蜴警衛敬了個禮。

綠蜥蜴警衛搓著手，心裡早已樂開了花：「啊哈哈哈，一年的工資到手了！」

貓爪怪探團的月光幻影被威利珠城主親手抓住了！這一下子就成了雨林城的爆炸

性新聞。威利珠滿臉得意,他換了一身衣服,帶著一位狐狸祕書來到地下監獄,準備親自審問月光幻影。

「你們都出去,在門口守著。」威利珠對警衛們吩咐道,「記住,月光幻影非常狡猾,可能會假扮成任何人,你們千萬不要上當。」

「是!」

警衛們都退了出來,威利珠和狐狸祕書走進牢房,月光幻影正被牢牢的捆在牢房的椅子上。威利珠晃了晃自己的腦袋,忽然,他一下子取下了自己戴著的河豬頭套,一個熟悉的聲音傳來:「威利珠,我們又見面了!」

什麼?這個威利珠竟然是尼爾豹假扮的?那牢房裡被捆住的月光幻影,難道是……沒錯,尼爾豹解開這個假月光幻影身上的繩索,拿掉他的頭套,威利珠那漲得通紅的臉露了出來。

「嗚嗚嗚……」尼爾豹笑著撕下威利珠嘴上的膠帶。

威利珠終於能夠說話了,他鼻子噴著氣,憤怒的喊道:「該死!月光幻影,你竟然敢偽裝成我,還把我打扮成你的樣子!」

這到底是怎麼回事呢?原來,在地下監獄被一路追趕的尼爾豹其實早已做好了準

貓爪怪探團 6 逃脫天羅地網

備，他的手提箱裡，放著他帶進雨林城的裝備。他從裡面取出一瓶多古力大師發明的超強力膠水，塗抹在通道四周的牆壁上。威利珠氣勢洶洶的趕來，不知道牆上塗滿了膠水，他和尼爾豹打鬥時用力過猛，四肢全都黏在了牆上，一點也動彈不得。於是尼爾豹拍拍手，先用膠帶封住了威利珠的嘴。威利

珠連連搖晃著腦袋：「不要啊——嗚嗚……」

「威利珠，別動別動，讓我來給你打扮打扮。」月光幻影說著，又從箱子裡拿出兩套定制的偽裝套裝。他先把自己打扮成了威利珠的樣子，又給威利珠穿上了月光幻影的套裝。

月光幻影看著自己的勞動成果，滿意極了：「不錯，穿上我的衣服，你變帥了不少嘛。哎，收收肚子！哈哈哈！」

如此一來，等到藍蜥蜴警衛和綠蜥蜴警衛趕到的時候，月光幻影就已經變成了威利珠，威利珠則變成了月光幻影。在兩個警衛的幫助下，他們把真正的威利珠捆成了一個大粽子，送進了監獄的牢房。

此刻，牢房裡的威利珠氣得頭頂冒煙，月光幻影身邊的狐狸祕書微微一笑。

「哈哈，怎麼樣，威利珠，我的計畫完美嗎？一切都在我的計畫之中。」

原來，這位狐狸祕書就是雪莉貓。

「月光幻影，你好大的膽子，竟然假扮成這麼英俊的我！」威利珠恨恨的說。

雪莉貓目光一沉，說道：「好啦，威利珠，不要浪費時間了。上次你沒有告訴我們關押黑耳老城主的真實地點，這次，你不得不老實交代了，否則——」

威利珠齜牙咧嘴的問：「哼哼，否則怎麼樣？」

月光幻影聳聳肩，回答道：「否則，你就等著在這座密不透風的地下監獄裡，被關到天荒地老吧！」

「簡直欺豬太甚！」威利珠忽然掙扎起來，一下子撲倒在地，發出咚的一聲。他扯著嗓子喊道：「來人啊！我是威利珠城主，我被關在牢房裡了，快來抓住真正的月光幻影！」

遠遠的，綠蜥蜴警衛的聲音飄了進來：「月光幻影，老實一點，小心我揍你！」

月光幻影看著威利珠，搖搖頭：「放棄吧，沒人會相信你的。你還是不肯老實交代嗎？那我們可走了，拜拜！」

月光幻影一邊說，一邊往外跨了一步。威利珠一下子慌了，他知道，如果沒人來救他，他可能就真的要一輩子被關在這黑暗的牢房裡了。

終於，他垂下腦袋：「我說，我說……黑耳確實一直被關押在一個我隨時能監視的地方，不過不是什麼地下監獄，而是在我城堡頂層的密室裡，只有乘坐書房裡的電梯才可以到達。」

雪莉貓緊緊盯著威利珠：「威利珠，你這

8 監獄激戰

次最好說的是真話,否則,你就別想從牢房裡出來了!」

威利珠搖著腦袋,表示自己絕對沒有撒謊。

尼爾豹和雪莉貓交換了一個眼神,事不宜遲,他們決定立即行動。

尼爾豹再次偽裝成威利珠,這能讓他在雨林城暢行無阻。他和雪莉貓匆匆的離開了地下監獄,朝威利珠的城堡趕去。

雪莉貓暗暗下定決心:「奶奶,我一定會把你救出來的!」

而留在牢房裡的威利珠,則一邊掙扎,一邊想著:「我不能就這樣坐以待斃,讓他們把黑耳救走!哼哼,我必須趕緊想出一個脫身的辦法。對了!」

威利珠眼睛一亮,又大聲的喊起來:「藍蜥蜴、綠蜥蜴,你們快過來,我有天大的喜事要告訴你們!」

在威利珠努力自救的時候,尼爾豹和雪莉貓來到了他的豪華城堡,進入書房後,順利找到了書櫃後面藏著的一部小型電梯。他們走進電梯,按下通往頂層的按鈕,電梯開始不斷攀升。尼爾豹和雪莉貓的心一直懸著,這一次,他們能成功救出黑耳奶奶嗎?

另一邊的地下監獄裡,藍蜥蜴警衛和綠蜥蜴警衛走到了被捆著的威利珠面前。

藍蜥蜴警衛甩著警棍說:「哎喲,不錯嘛,月光幻影,被捆著還能變成威利珠城主的樣子!你說有天大的喜事要告訴我們?我倒要看看,你又要耍什麼花招。」

威利珠趕忙說道:「絕對是天大的喜事,哼哼,我才是真正的威利珠城主,不是月光

幻影。你們快把我放出去,我獎勵你們十年的工資!」

「哦?你是威利珠城主?」藍蜥蜴警衛歪著頭問。

威利珠拼命的點了點頭。

藍蜥蜴警衛忽然哼了一聲:「哼,月光幻影,我才不會相信你的把戲!你還敢假扮成威利珠城主?他老是扣我們的工資,上次的獎金也遲遲不發,我看著你這個豬頭就來氣!」

藍蜥蜴警衛和綠蜥蜴警衛不由分說,抄起警棍,就把威利珠暴揍了一頓。威利珠滿頭腫包,哀叫道:「別打了,哼哼,我真的是威利珠!」

「還嘴硬!」綠蜥蜴警衛說道,「大哥你看,他裝得還挺逼真,臉上的毛都跟威利珠城主的一模一樣。」

藍蜥蜴警衛和綠蜥蜴警衛湊近,把威利珠臉上的毛一根一根拔下來,饒有興致的觀察著。

「哎喲,哎喲……」威利珠連連叫喚,他又急又氣,這時,他忽然急中生智,「住手!我有辦法證明我是威利珠!」

藍蜥蜴警衛不屑的問:「怎麼證明啊?」

威利珠哼哼兩聲,說道:「哼哼,你們等

我唱一首歌就明白了!」

於是,在雨林城幽深漆黑的地下監獄裡,忽然飄出威利珠嘶啞的、帶著哭腔的歌聲:「我愛洗澡皮膚好好,哦哦哦……我叫威利最愛珠寶,哦哦哦……威利珠,吹泡泡……」

綠蜥蜴警衛一下子呆住了:「大……大……大哥,這首歌只有威利珠城主會唱,而且還唱得這麼難聽,真的是他!」

藍蜥蜴警衛和綠蜥蜴警衛嚇得直發抖,趕忙解開了威利珠身上的繩索。

威利珠終於得救了!他摸了摸頭上的腫包,氣憤的看著藍蜥蜴警衛和綠蜥蜴警衛:「你們兩個的賬,我日後再算!哼哼,去通知警衛隊的所有人,集合!我要捉住可惡的貓爪怪探團!」

「是!」

「是!」

9 重見黑耳奶奶

正當威利珠集結警衛隊的時候，尼爾豹和雪莉貓乘坐電梯成功到達了城堡頂層的密室。這裡是一個狹小而昏暗的房間，只有一扇小小的窗戶能透進一點稀薄的空氣。密室靠牆的地方有一座玻璃牢房，牢房簡陋的木板床上，坐著一個瘦削的身影。

雪莉貓幾步走上前，一下子喊出了聲：「奶奶，我終於找到你了！」

黑耳奶奶聽到這熟悉的聲音，趕忙轉過身來。她一下子就認出了雪莉貓那雙淡金色的眼睛，當她被囚禁在這黑暗的牢房時，正是這雙眼睛給了她最大的安慰，也給了她唯一的希望。

「雪莉，你真的來了！我就知道，總有一

貓爪怪探團 6 逃脫天羅地網

天,你會找到這裡來的!」黑耳奶奶有些艱難的站起身,走到玻璃屏障前,伸出了自己的手。雪莉貓也抬起手,她們的手隔著冰冷的玻璃貼在了一起,兩雙眼睛久久凝望著彼此。雪莉貓和黑耳奶奶這兩年經歷了太多的危險和困境,如今能夠重見,一時都哽咽得說不出話來。

9 重見黑耳奶奶

雪莉貓擦了擦眼角的淚水，緩緩開口道：「奶奶，你放心，這次我一定會把你救出去的。」

雪莉貓打量了一下牢房，說：「這是堅固的防爆玻璃，只有腳下有幾個通氣和送飯的小圓孔。尼爾豹，你現在回到地下監獄，讓威利珠交出牢房的鑰匙。他一定會照做的。」

黑耳奶奶卻緩緩的搖搖頭說：「沒用的，威利珠建造這座牢房的時候，就沒有留下任何鑰匙。他打算一輩子都把我關在這裡，永遠都不放我出去。」

沒有牢房鑰匙？雪莉貓眨了眨眼睛，只好再想辦法了。她敲了敲密室的牆壁，又看了看天花板，忽然，她的尖耳朵動了動：「乾脆一不做二不休，用爆破彈炸掉房頂，奶奶就可以從屋頂逃出來了！尼爾豹，你帶爆破彈了嗎？」

尼爾豹趕忙點頭：「當然帶了！這次潛入雨林城，多古力大師給了我不少好裝備！」

尼爾豹從口袋裡掏出一枚小型爆破彈，準備把它安裝在天花板上。

這時，黑耳奶奶低沉的聲音再次從牢房裡傳來：「雪莉，還有這位尼爾豹先生，謝謝你們能夠前來營救我。但是就算炸開了牢房，我

也不會跟你們走的。」

尼爾豹和雪莉貓都吃了一驚,雪莉貓喊出聲來:「奶奶,這是為什麼?!」

黑耳奶奶異常沉著冷靜,她緩緩的說道:「現在有我在這裡做人質,獰貓家族和威利珠的勢力相對能夠抗衡。如果我被救走,威利珠會害怕我們家族反撲,他如此心狠手辣,一定會不顧一切,瘋狂的對我們家族成員展開報復,到時候,一定會有許多無辜者流下鮮血。」

「不行,奶奶。」雪莉貓不自覺的握緊手,「我不能再讓你待在這黑暗的牢房了。你跟我走吧,我們一定能想出其他辦法保護家族的安全。何況現在威利珠被關在地下監獄裡,對我們構不成威脅。」

黑耳奶奶再次搖了搖頭:「威利珠的實力深不可測,他有許多在刀尖上舔血的手下,而且我還擔心他背後的勢力⋯⋯雪莉。」

黑耳奶奶說話的音量不大,卻有讓人信服的力量:「舉行和平聯合會議,威利珠被我成功引了出來。而現在為了對付你們,威利珠一定會動用自己的一切力量。你們必須把這股黑暗勢力連根拔起,才能真正為伊洛拉群島帶來和平。你們將面臨前所未有的險

境,但也會迎來打敗他的最好機會。現在,你們快離開這裡吧!」

「不不,奶奶!」雪莉貓固執的搖著頭,淚水再次湧了出來,「你跟我們走吧,我們一定……一定能想出別的辦法!」

正在這時,城堡外面突然傳來一陣粗獷的笑聲:「哈哈哈哈哈!」

尼爾豹從窗戶望出去,驚訝的說:「是威利珠!他居然這麼快就從地下監獄逃出來了!」

威利珠此時站在城堡下面,威風凜凜的叉著腰。他帶著自己的警衛隊,將城堡裡三層、外三層的圍得嚴嚴實實。他舉起一個大喇叭,仰頭對城堡裡的尼爾豹和雪莉貓喊話:「貓爪怪探團,哼哼,我威利珠又回來了!你們已經被包圍,乖乖投降吧!給我上!」

威利珠一聲令下,大雁巡邏隊飛上天空,圍住了城堡。

「貓爪怪探團,現在我給你們兩個選擇。」威利珠得意的說,「要麼乖乖的束手就擒,哼哼,要麼我就讓你們嘗嘗威利火炮的滋味,把你們,還有黑耳,通通炸成碎片!」

威利珠手一擺,被發配去做苦力的藍蜥蜴警衛和綠蜥蜴警衛就拉來了一門大火炮,

黑洞洞的炮口正對著城堡頂層。

黑耳奶奶知道情況不妙,用手捶著玻璃說:「雪莉,不要猶豫,快想辦法離開!」

威利珠的聲音再次響起:「你們怎麼不回答?好、哼哼,不管那麼多了,數三個數,我就開炮!三——」

令人不寒而慄的倒計時響起,黑耳奶奶這時從身上取出半個小小的黑色貓耳朵徽章,從玻璃底下通氣的小圓孔遞了出去:「雪莉,你快走!收好這個徽章,另一半徽章的主人,會和你一起打敗威利珠!」

「二——」

黑耳奶奶看著雪莉貓,忽然慈祥而溫柔的笑了笑:「小雪莉,你真的長大了。奶奶一直都很想你。」

9 重見黑耳奶奶

「一──」

「奶奶！」幾滴晶瑩的淚珠從雪莉貓的臉龐滑落。轟──一聲巨響，城堡的頂層冒出一陣白煙，被炸裂的石塊四散落下。

威利珠生氣的看著手下們：「誰開的炮？我還沒下令呢！」

藍蜥蜴警衛和綠蜥蜴警衛急忙搖頭：

「不是我！」

「不是我！」

一個聲音從城堡裡傳來：「維護正義也是一門藝術，各位，歡迎來到貓爪怪探團的表演時間。是我引爆了炸彈，炸開了城堡。」

硝煙散盡，城堡頂層炸開的大洞前出現了兩個身影：月光幻影穿著黑紅色的風衣，而他旁邊的祕密小姐則穿著藍白色的衣服。凜冽的風將他們的衣服下擺吹得獵獵作響。

「好哇，貓爪怪探團，你們終於肯出現了。」威利珠咬牙切齒的說。

月光幻影看著威利珠，咧嘴一笑：「威利珠，你的頭怎麼腫了，臉上的毛也被拔去了一半？」

威利珠怒氣衝衝的說：「還不是拜你們所賜！來啊，給我抓住他們！我不信他們能夠逃出這天羅地網！」

威利珠的警衛隊一擁而上。貓爪怪探團卻絲毫沒有慌張。雪莉貓向黑耳奶奶重重的點了點頭，然後轉過身，按下了貓爪通訊器的按鈕：「多古力大師，久等了，現在執行計畫的最後一步吧。」

坐鎮總部的多古力有些興奮的說：「沒問題！我已經迫不及待了！」

忽然，只聽見轟的一聲，雨林城再一次發生了爆炸。

這次爆炸威力更大，巨大的衝擊波把威利珠震倒在地。他轉過頭，看見城門處冒起一股黑煙。

「怎麼回事?!」威利珠有些慌張。他不知道的是，多古力在其他人行動的時候也沒有閒著，而是在城門外的香蕉樹上掛上了許多威力巨大的香蕉型炸藥，作為這次行動的最後保障。

城門轟然倒塌，一股巨大的風吹進雨林城，吹得樹木嘩啦作響。月光幻影和祕密小姐打開了滑翔翼，從城堡頂層躍下，借著風勢一路滑翔。

「快，給我追！」威利珠著急的喊道。大雁巡邏隊趕忙追了上去。

雪莉貓擦乾了臉上的淚，又露出了她標

9 重見黑耳奶奶

誌性的神祕笑容:「沒法救出奶奶,但是我們也不能白來一趟雨林城,月光幻影,你說對吧?」

月光幻影說:「那是當然,這才是我們貓爪怪探團的風格!」

他們在空中張開雙臂,一張張綠色的鈔票從他們身後拋了出來。大雁巡邏隊看到漫天的鈔票,眼睛都紅了,搶鈔票還來不及,哪兒還顧得上追他們。

這時,雨林城的一棵大樹上,一隻穿著月光幻影衣服的松鼠正向天空舉著雙手,口中念念有詞:「來吧,來吧,像上次那樣,從天上掉鈔票吧!」

看著松鼠小弟一臉期待的樣子,鄰居啄木鳥又從窗戶探出頭嘲笑道:「松鼠小弟,你才被城主放出來,居然還敢扮成月光幻影?你別做夢了,天上怎麼可能還會掉鈔票?」

啄木鳥話音未落,一張鈔票就從他眼前飄過。

松鼠小弟興奮的喊:「哈哈哈哈,真的掉鈔票了!夢想還是要有的!」

啄木鳥大驚失色:「見鬼了!老婆,我的月光幻影衣服呢?」

漫天落下的鈔票,猶如一場綠色的暴

貓爪怪探團 6 逃脫天羅地網

雨，讓整個雨林城都沸騰了！

月光幻影的聲音傳遍雨林城上空：「雨林城的居民們，這些鈔票是用威利珠的珠寶換來的，請盡情收下吧！城門已經打開，你們帶著鈔票，去別的地方過新的生活吧！」

鈔票源源不斷的飄落，整座雨林城，只有威利珠的心是涼涼的。他癱坐在地，任憑鈔票落到自己的臉上，木然的看著城門的方向。貓爪怪探團已經乘著滑翔翼飛走，完全消失了蹤跡。威利珠的牙齒咬得咔嚓作響：「沒了，都沒了，哼哼，威利珠的珠，再也不是金銀珠寶的珠了。貓爪怪探團，我一定會讓你們付出代價！」

威利珠的錢

雨林城。

雨林城的居民們,這些鈔票是用威利珠的珠寶換來的,請盡情收下吧!

哇哈哈哈!這就是揮金如土的感覺嗎?太爽了!

……

月光幻影,你好像把你的裝備和錢包也扔下去了……

什麼?!

……

快找啊!那裡面可裝著我僅有的五塊錢啊!

……

國家圖書館出版品預行編目（CIP）資料

貓爪怪探團‧混沌時代篇6：逃脫天羅地網／多多
羅著. -- 初版. -- 臺北市：臺灣東販股份有限公司,
2025.05
128面；14.7×21公分
ISBN 978-626-379-880-9（平裝）

859.6　　　　　　　　　　　　　　114003360

本著物之版式及圖片由中信出版集團股份有限公司授權。

本書透過四川文智立心傳媒有限公司代理，經珠海多多羅數字科技有限公司授權，同意由台灣東販股份有限公司在全球獨家發行中文繁體版本。非經書面同意，不得以任何形式任意重製、轉載。

貓爪怪探團‧混沌時代篇6
逃脫天羅地網

2025年5月1日初版第一刷發行

著　　者　多多羅
繪　　者　丁立儂
主　　編　陳其衍
美術編輯　林佩儀
發 行 人　若森稔雄
發 行 所　台灣東販股份有限公司
　　　　　＜地址＞台北市南京東路4段130號2F-1
　　　　　＜電話＞(02)2577-8878
　　　　　＜傳真＞(02)2577-8896
　　　　　＜網址＞https://www.tohan.com.tw
郵撥帳號　1405049-4
法律顧問　蕭雄淋律師
總 經 銷　聯合發行股份有限公司
　　　　　＜電話＞(02)2917-8022

著作權所有，禁止翻印轉載
Printed in Taiwan
本書如遇缺頁或裝訂錯誤，
請寄回更換（海外地區除外）。